光文社古典新訳文庫

ワーニャ伯父さん／三人姉妹

チェーホフ

浦 雅春訳

光文社

Title : Дядя Ваня
1897
Три сестры
1901
Author : А.П.Чехов

目次

ワーニャ伯父さん／三人姉妹

ワーニャ伯父さん

四幕からなる田園生活の情景

登場人物

セレブリャコフ（アレクサンドル・ウラジーミロヴィチ）　退職した大学教授。
エレーナ・アンドレーエヴナ　教授の妻。二十七歳。
ソーニャ（ソフィア・アレクサンドロヴナ）　教授の先妻の娘。
マリヤ・ワシーリエヴナ（ヴォイニツカヤ）　三等官の未亡人、教授の先妻の母。
ワーニャ（イワン・ペトローヴィチ・ヴォイニツキー）　その息子。
アーストロフ（ミハイル・リヴォーヴィチ）　医者。
テレーギン（イリヤ・イリイチ）　零落した地主。
マリーナ　年老いた乳母。
下男

舞台はセレブリャコフ家の屋敷

第一幕

庭。テラスのある家の一部が見わたせる。並木道の古いポプラの木の下に、お茶の支度ができたテーブル。数脚のベンチと椅子。ベンチのひとつにはギターが置いてある。テーブルのそばにブランコ。昼間の二時すぎ。どんよりした空模様。病気がちで、動作も緩慢な老婆のマリーナがサモワールのわきに腰を下ろして、靴下を編んでいる。そのそばをアーストロフが歩きまわっている。

マリーナ （グラスにお茶をいれながら）どうぞ、おひとつ。

アーストロフ （気乗りがしないようすでグラスを取る）なんだか飲む気がしないな。

マリーナ じゃあ、ウオッカになさいますか。

アーストロフ いや、いい。毎日飲んでるわけではないから。それにしても、蒸《む》すね。

間。

なあ、ばあやさん、われわれが知り合って、どれくらいになる？

マリーナ　（考えて）どれくらいになりますかね？　そうですねえ……先生がこちらの郡にお越しになったのが……あれは、いつでしたかね？……ソーニャお嬢さんのお母さまのヴェーラさんがご存命のころでしたね。ヴェーラさんがおいでのときに、先生はふた冬こちらにお見えになりました。かれこれ十一年ばかりになりますかね。（指折り数えて）いや、もっと前ですかね……。

アーストロフ　ずいぶんぼくも変わったろうね、あれから？

マリーナ　ええ、すっかり。あのころは先生もお若くて、男っぷりも大したものでしたが、今ではすっかりお老《ふ》けになって。男っぷりも以前とはちがいます。それに、ウオッカもお召し上がりになる。

アーストロフ　そうだろうな……。十年も経《た》てば、別人さ。どうしてかというとね、働きすぎたんだよ。朝から晩まで立ち通しで休みも知らず、夜、横になって毛布をかぶっても、病人のところに引っぱり出されるんじゃないかと気が気じゃない。

ばあやさんと知り合ってから、ぼくには暇な日なんか一日もなかった。これで老けなけりゃ、おかしいよ。それに生活自体、侘《わび》しくってね、バカバカしくって、不潔きわまりない……。この生活ってのが、また足手まといなものさ。まわりは変わり者ばかり、変人の集まり。そんな連中と二年、三年と暮らしてごらん、こっちまで次第に変人になってしまうさ。避けがたい運命だね。（自分の長い口髭《くちひげ》をひねる）ほら、こんなに髭ばかり伸びちゃって……バカげた髭だよ。なあ、ばあやさん、変人になってしまったよ、ぼくは……。でも、すっかりバカになったかというと、まだそれほどじゃない。お陰さまで、頭のほうはまだしっかりしたもんだ。だがね、感覚がどういうものか、すっかり鈍くなってしまった。なんにもしたくないし、ほしい物なんかない、好きな人は誰もいない……。いや、ばあやさんだけは別だよ。（ばあやの頭に接吻をする）ぼくが子供だったころにも、あんたと同じようなばあやさんがいたよ。

マリーナ　何か、お召し上がりになります？

アーストロフ　いや、結構。四旬節《しじゅんせつ》[1]の三週目に疫病のマリツコエ村に出かけたんだがね……。発疹チフスさ……。小屋のなかは雑魚寝《ざこね》状態でね……。不潔で、悪臭がし、煙がもうもうと立ちこめ、床には牛が寝そべり、その横で病人が倒れている……。仔豚までいるありさまさ……。ぼくは一日中働きづめで、腰を下ろす暇もなく、飲まず食わず。ところが家に帰りついても、休ませちゃくれない。鉄道から転轍手《てんてつしゅ》が運び込まれてきた。ぼくはその男を手術台に上げて、いざ手術に取りかかろうとした。ところがその男、クロロフォルムを嗅《か》がせたとたんに事切れてしまった。こんなときに限って、ぼくのなかである種の感情がうずいてきて、良心をさいなむんだ。まるでぼくが故意にその男を殺したみたいにね……。ぼくは腰を落として、こんなふうに両の目をおおって、考えるんだ。二百年、三百年後に生きる人たち、ぼくたちがいまこうして道を切り開いてやっている人たちは、ぼくらのことを、よく頑張ったとねぎらってくれるだろうか、と。ねえ、ばあやさん、ねぎらってなんかくれやしないよね?

マリーナ　他人様《ひとさま》はいざ知らず、神様はきっとねぎらってくださいますよ。

アーストロフ　ありがとう。いいことを聞かせてもらった。

ワーニャ登場。

ワーニャ　（家から出てくる。彼は朝食後ひと寝入りし、ぼうっとしたようす。ベンチに腰を下ろし、派手な自分のネクタイを直している）ああ、そうだ……。

間。

そうだ……。

アーストロフ　よく寝たのか？

ワーニャ　ああ……よく寝た。（欠伸《あくび》をする）あの教授《せんせい》と教授夫人がここで暮らすようになってから、ここの生活は滅茶苦茶だ……。とんでもない時間に寝るかと思えば、夕食や昼飯のときにもご大層な料理が出る、それにワインまで飲む……罰当たりもいいとこだ！　前には暇な時間などこれっぽかしもなくって、ぼくだってソーニャだって、せっせと働いたものだ。ところが今じゃ働いているのはソーニャひとり、ぼくときたら食っちゃ寝、食っちゃ寝の生活で、おまけに酒まであ

1　キリスト教で復活祭前の七週間におよぶ斎戒期間。荒野で四十日間の断食を行ったキリストのひそみにならったもの。この期間、肉類や乳製品は口にしてはならないとされる。

びるありさまさ……。罰当たりな生活だ！

マリーナ （頭を振って）ほんと、困ったものです！　旦那様は十二時にお起きになりますが、サモワールは朝から沸いていて、ずっと旦那様のお出《い》でをお待ちしているんです。お二人がいらっしゃらないときには、みなさん同様、お昼の十二時すぎにはお食事をいただいたものですが、今じゃ六時すぎ。夜は夜で旦那様はご本をお読みになったり、書き物をなさったり、それでいきなり夜中の一時すぎに呼び鈴《りん》が鳴ります。……何でございますかと伺いますと、お茶だとおっしゃる。それで使用人を起こして、サモワールの準備をしなければなりません……。ほんと、困ったものです！

アーストロフ　で、ご両人、ここに長く逗留するつもりなのかい？

ワーニャ （口笛を吹いて）ああ、百年もね。教授《せんせい》、どうやらここに御輿《みこし》をすえる気らしい。

マリーナ　ほら、今だってそうですよ。サモワールはテーブルでもう二時間もお待ちしているのに、みなさん散歩にお出かけなんですから。

ワーニャ　噂をすればなんとやら、ほら、お出ましだ……。そうカリカリしなさんな。

人声がする。庭の奥から、散歩から帰ってきたセレブリャコフ教授にエレーナ、ソーニャ、テレーギンがやってくる。

セレブリャコフ　すばらしい、実にすばらしい……。絶景だね。

テレーギン　賛嘆すべき風景でございますね、閣下。

ソーニャ　明日《あした》は森のほうに行きましょう、ねっ、そうしましょ、パパ？

ワーニャ　みなさん、どうぞお茶を！

セレブリャコフ　わるいが、私のは書斎に運んでもらいたい。今日のうちにまだ二つ三つ片づけてしまいたいことがあるのでね。

ソーニャ　パパ、きっと森は気に入るはずよ。

エレーナ、セレブリャコフ、ソーニャは家のなかに入っていく。テレーギンはテーブルのほうにやってきて、マリーナのそばに腰を下ろす。

ワーニャ　暑くて、むしむしするっていうのに、うちの教授《せんせい》ときたらコートにオーバーシューズ、それに傘まで持って、手袋まではめてる始末だ。

アーストロフ　体を大事にしてるってことだろう。

ワーニャ　それにしても、いい女だなあ、あの女《ひと》は！　惚れ惚れするね！　あんな美人には生まれてこのかたお目にかかったことがないね。

テレーギン　私はね、ばあやさん、野原を歩いていても、この木陰が涼しい庭を散歩していても、このテーブルを眺めていても、言いあらわせないような至福を感じるんです！　天気は上々だし、小鳥たちは歌を歌い、われわれは平和に仲よく暮らしている。これ以上に何が必要です？（グラスを受け取り）これはどうも、ちょうだい致します！

ワーニャ　（夢見るように）あの目ったらないね……。まったくもっていい女だ！

アーストロフ　何か別の話でもしろよ。

ワーニャ　（気乗りのしないようすで）話をしろと言ったたって。

アーストロフ　何かニュースはないのかい？

ワーニャ　ないね、なんにも。旧態依然たりさ。ぼくは相変わらずだし、いや、怠けてるぶん、わるくなったくらいだ。なんにもせず、耄碌爺《もうろくじい》さんみたいに、愚痴をこぼすばかり。うちの母親ときたら、いい年齢《とし》をして、こうるさいコクマルガラスみたいに女性解放に入れ込んでいる。片っ方の目で棺桶をのぞきながら、もう片一方の目で自分の小賢《こざか》しい本のなかに新しい生活の夜明けを探しているってわけさ。

アーストロフ　で、教授はどうなんだ?

ワーニャ　教授《せんせい》は相も変わらず朝から夜更けまで自分の書斎にこもって書き物に余念がない。「額にシワよせ、知恵をしぼって、脇目もふらず頌《しょう》詩《し》を書けど、わが身も詩にもお褒めの言葉はたえてなし」[2]ってわけさ。かわいそうなのはガリガリ引っ掻かれる紙のほうさ! やっこさん、どうせ書くなら自伝でも書けばいいものをさ。これはまさに一編の小説だぜ! 主人公は、退職した教授、味も素っ気もない乾パンみたいな男、干物になった学者先生……痛風にリューマチ、偏頭痛を病み、嫉妬とねたみで肝臓を腫《は》らした男……この干物先生、元の細君の屋敷に転がり込んできたわけだ。これは先生にとっちゃ不本意な話で、都会暮らしがふ

2　古典的な頌詩を風刺したロシア感傷主義時代の詩人イワン・ドミートリエフ(一七六〇〜一八三七)の詩『縁なきことば』(一七九四)の一節。

ところに合わぬせいだ。いつも自分の不運を嘆いちゃいるが、これほど運の強い男などいるものか。（忌々《いまいま》しそうに）どれだけ運が強いか、ひとつ考えてみるがいい。しがない寺男のせがれで、神学校出の男が、学者の称号と大学の講座をちょうだいし、閣下と呼ばれ、元老院議員の娘婿におさまったんだからな。だが、これはほんの序の口で、問題は、この男、きっかり二十五年のあいだ芸術について読んだり書いたりしてきたが、芸術についちゃ何も分かっちゃいなかったってことだ。二十五年間、写実主義だとか、自然主義だとか、なんだかんだと他人様《ひとさま》の考えの受け売りをやってきたにすぎない。二十五年のあいだやっこさんが読んだり書いたりしてきたことは、頭のいい連中ならとっくにご存じ、バカな連中にはくそ面白くもない事柄。つまり、二十五年のあいだ、この男、空《から》のコップから空のコップへ水を移しかえていたようなものさ。それでいながら、自尊心だけはめっぽう強い！　自惚《うぬぼ》れの強さったらない！　ところがいざ退職してみると、やっこさんを知ってる連中などひとりもいやしない。この男、まったくの雑魚にすぎなかった。要するに、二十五年間、他人様の地位にふんぞりかえっていたというわけだ。あの偉そうな歩き方、まるで殿様気取りじゃないか。

アーストロフ　どうやら、君、やっかんでるんだな。

ワーニャ　ああ、そうとも、大いにやっかんでるさ！　やつの女運のよさときたら！　いかなるドン・ファンといえど、あれほど百戦練磨とはいかない。やつの最初の細君、つまりぼくの妹だけれど、それはそれはすばらしい、やさしい女性だった。この青空みたいに純真で、高潔な、心の寛《ひろ》い女性で、やつの弟子より妹の崇拝者のほうがずっと多かった。その妹は、やつのことを心底愛していた。汚《け》れを知らない崇高な人間を天使が愛するような愛し方だったよ。うちの母親、つまりやつの義理の母は、今に至るもやつのことを崇拝しているし、やつのほうでも、いまも母親に神聖なる恐怖心を吹き込んでいる。やつの後妻というのは、君たちも今しがた見かけたとおり、美人で聡明な女性だ。そんな女性が老年に差しかかった男に嫁いで、あたら自分の青春と美しさと自由と輝きを捧げているのさ。なんのために？　どうしてなんだ？

アーストロフ　あの女《ひと》は、それで身持ちはいいのか？

ワーニャ　そう、残念ながら。

アーストロフ　どうして、残念ながらなんだ？

ワーニャ　それは、あの女《ひと》の貞淑さが徹頭徹尾まやかしだからさ。そこには修辞はごまんとあるが、論理はゼロ。我慢ならない年寄りの夫を裏切ることは不道徳だが、あたら自分の若さと生きた感情を圧《お》し殺すことは不道徳じゃないっていうんだから。

テレーギン　（涙声で）お願いだから、ワーニャ、そんな言い方はおよしよ。ねっ、お願いだから……。妻や夫を裏切るような人間は不実な人間で、先々お国をも裏切りかねない。

ワーニャ　（忌々しそうに）口を出すな、ワッフル！

テレーギン　いや、言わせてもらうよ、ワーニャ。私の妻はこの私のご面相に嫌気がさして、婚礼の翌日好きな男と駆け落ちした。その後も私は自分の務めははたしているよ。いまも私は家内のことを愛しているし、誠実だし、できるだけのことはしてやっている。家内が好きな男とのあいだにもうけた子供の養育のために財産も分けてやった。私は仕合わせを奪われた人間だけれど、誇りだけは残っている。じゃあ、家内はどうか？　若さはすでに失《う》せて、自然の摂理で容色はおとろえ、好きな男は死んでしまった……。あいつに何が残ったろうか？

ソーニャとエレーナが登場。しばらくしてマリヤ・ワシーリエヴナも本を持って登場。彼女は腰を下ろして、何やら読んでいる。お茶が出されると、無愛想なようすで飲む。

ソーニャ　（慌ただしく、乳母に）向こうに、お百姓さんたちが来ているの。行って、聞いてみて。お茶は、あたしがするわ……。（お茶をつぐ）

マリーナ、退場。エレーナは自分のカップを取ると、ブランコに座ってお茶を飲む。

アーストロフ　（エレーナに）私はご主人のために馳《は》せ参じたのですよ。お手紙だと、ご主人はとてもお悪い、リューマチだとか何だとか。ところが伺ってみると、元気なものじゃないですか。

エレーナ　昨晩はふさいでまして、足が痛いとこぼしていましたの、ところが、きょうはケロッと……。

アーストロフ　私は三十キロも馬を飛ばして来たんです。まあ、いいでしょう、毎度のことだ。そのかわり、明日《あす》までここにご厄介になります。ぐっすり眠らせてもらいます。

ソーニャ まあ、うれしい。先生がお泊まりになるなんて、滅多にないこと。きっと、お昼もまだなんでしょう?

アーストロフ ええ、まだです。

ソーニャ じゃあ、ご一緒にいかがです。あたしたち、いまでは、六時すぎにお昼をいただきますの。(お茶を飲んで)すっかり冷めてるわ!

テレーギン サモワールの温度はかなり低下しております。

エレーナ 構いませんわ、イワン・イワーノヴィチさん、私たち、冷たいのをいただきます。

テレーギン お言葉ですが、奥さま……私はイワン・イワーノヴィチではなく、イリヤ・イリイチ・テレーギンと申します。まあ、人によっては、このあばた面《づら》をからかって、ワッフルと呼ぶ者もございますが。私はソーニャさんの名付け親でもあります。閣下、つまりご主人も手前のことはよくご存じですよ。私はいま、こちらのお屋敷にご厄介になっておりまして……。お気づきじゃございませんか、毎日食事もご一緒させていただいております、はい。

ソーニャ　イリヤさんは家を手伝ってくださってるの、わが家の右腕なのよ。（やさしく）さ、おじさん、もう一杯おつぎしますわ。

マリヤ・ワシーリエヴナ　あら、そうだ！

ソーニャ　なに、どうかしたの、お祖母《ばあ》さま？

マリヤ・ワシーリエヴナ　アレクサンドルに伝えるのを忘れてたわ……鈍ったものね、記憶も……きょう手紙を受け取ったの、ハリコフのパーヴェル・アレクセーエヴィチさんから……。新しい小冊子を送ってらしたの……。

アーストロフ　面白いんですか？

マリヤ・ワシーリエヴナ　面白いといえば、面白いんだけれど、それが何だか変でねえ。七年前にご自分が主張していたことを、今度は否定なさっているの。わけが分からない。

ワーニャ　分からんことなんかありませんよ。黙って、お茶でもおあがんなさい、ママン。

マリヤ・ワシーリエヴナ　私は話がしたいんだよ。

ワーニャ　もう五十年も話してきたじゃないですか。いまもこうして話してるし、小冊子も読んでる。もう、そろそろ終わりにしましょうや。

マリヤ・ワシーリエヴナ　お前、なんだか私の話を聞くのがいやそうだね。こう言っちゃなんですが、ジャン、最近お前すっかり変わったね、以前とは全然ちがう……昔はそれなりに信念のある、明るい性格だったのに……。

ワーニャ　おお、そうだ！　ぼくは明るい性格だったんだ。誰も明るくしてやれはしませんでしたがね……。

間。

このぼくが、明るい性格だったとはなあ……こんな嫌味はないな！　いまぼくは四十七だ。去年までは母さんと同じように、自分の目を曇らせてきた。母さんのいう哲学とやらで目をふさいでね。現実を見ないようにしてきたんだ……それでいいんだと自分に言い聞かせてきた。ところが、今じゃ、誰も分からんだろうな！　夜もおちおち眠れやしない、悔しいやら、腹立たしいやらでね。むざむざ時間を無駄につぶしてしまった。その気になれば、ぼくだって、なんでも手に入ったのに。この年齢《とし》になったら、もう無理だ。
ソーニャ　伯父さん、つまんないわ、そんな話！
マリヤ・ワシーリエヴナ　（ワーニャに）お前、なんだか以前の自分の信念を責めてでもいるようだね……でもわるいのは信念じゃありません、わるいのはお前自身です。忘れているようだけれど、信念なんていうのは大したものじゃありません、死んだ文字です……大事なのは、仕事をすることです。
ワーニャ　仕事？　誰でも書き物をする永久機械になれるわけじゃない、母さんご自慢の教授閣下みたいにね。
マリヤ・ワシーリエヴナ　それって、なんの当てこすりだい？
ソーニャ　（拝むように）お祖母さま！　伯父さん！　やめてよ、お願い！
ワーニャ　分かった、分かった！　もう言わない、ごめん。

間。

エレーナ　それにしても、いいお天気……暑くもないし……。

間。

ワーニャ　格好の日和だなあ、首を吊るといいだろうな……。

テレーギン、ギターの調子を合わせる。マリーナ、家のまわりを歩きながら鶏を呼んでいる。

マリーナ　とお、とお、とお……。

ソーニャ　お百姓さんの用事って、何だったの？

マリーナ　いつものことですよ、うちの空き地のことです。とお、とお、とお……。

ソーニャ　何呼んでるの？

マリーナ　ぶちの雌鶏《めんどり》がいないんです、ヒナと一緒に……カラスにさらわれなけりゃいいんですが……。（退場）

テレーギン、ポルカを奏でる。全員、黙って耳を傾ける。下男、登場。

下男　医者《せんせい》はこちらで？（アーストロフに）先生、お迎えが来ております。

アーストロフ　どこから？

下男　工場です。

アーストロフ　（無念そうに）ありがたいこった！　行かずばなるまいな……。（目で帽子を探す）残念だなあ、まったく……。

ソーニャ　ほんと、残念だわ……。工場から、お食事にいらしてくださいな。

アーストロフ　いや、間に合わんでしょう。やっぱり……無理ですね……。（下男に）ウオッカを一杯、持ってきてくれないか。いやはや。

下男、退場。

やっぱり……無理ですね……。（帽子を見つけて）オストロフスキーの何とかいう戯曲に出てくる男がいるでしょう、バカでかい口髭をたくわえているのに、何もできない男[3]……。あれですよ、ぼくは。では、おいとまします、みなさん……。

3　ロシアの劇作家アレクサンドル・オストロフスキー（一八二三〜一八八六）の戯曲『持参金のない娘』（一八七八）の登場人物パラトフ・カランドゥイシェフを指す。

（エレーナに）よろしかったら、うちにもお寄りください、このソーニャさんとご一緒にでも。歓迎します。地所といったってちっぽけなもので、三十ヘクタールばかりのものですが、もしご興味がおありなら、模範的な庭園と苗床をごらんに入れます。ここから一千キロ四方内ではお目にかかれない代物です。隣には官営の営林署があって……そこの営林官は、もう年寄りで、しじゅう体の具合がわるいもので、そいつの仕事だって私が代わってやっているようなものです。

エレーナ あなたが、たいへん森をお好きだってことはうかがってます。もちろん、きっと意味のあることなんでしょうね。でも、それって、あなたの本当の天職の邪魔になりません？　だって、あなたはお医者さんですもの。

アーストロフ 何が本当の天職か、ご存じなのは神様だけです。

エレーナ で、面白いですの？

アーストロフ ええ、面白い仕事です。

ワーニャ （茶化して）すこぶる⁉

エレーナ （アーストロフに）あなたはまだお若くって、お見受けしたところ……三十六、七ってとこかしら……きっと、おっしゃっているほどには、面白くないはずよ。いつもいつも森の話ばかりじゃね。退屈じゃないかしら。

ソーニャ　そうじゃないの、とっても面白いことなの。アーストロフ先生は、毎年新しい植林をされていて、すでに銅のメダルや賞状を頂戴してらっしゃるの。古い森が立ち枯れてしまわないよう、気を配ってらっしゃるの。もし先生のお話をお聞きになったら、きっと賛同なさるはずよ。先生のお話だと、森は大地を美しくかざり、われわれ人間に美の何たるかを教えてくれ、人間に畏怖の念を吹き込むんですって。森は荒々しい気候をやわらげてくれる。穏やかな気候の国では、自然との闘いに労力を割く必要がないぶん、人間もおだやかに、やさしくなるの。そんな国の人たちは姿形もよくって、考えもしなやかで、物事に反応するのも早く、話す言葉も上品で、物腰にも気品があるの。そこではいろんな学問や芸術が花咲き、哲学だって陰気なものじゃなくって、女性にたいする態度も奥ゆかしさにあふれてるの。

ワーニャ　（声を立てて笑いながら）お見事っ！……いちいちごもっともだけれど、今ひとつ説得力にかけるな。それでお願いなんだが、（とアーストロフに）暖炉に薪《まき》をくべるとか、木で納屋を造るとか、そういうのは、お許し願いたいものだね。

アーストロフ　暖炉を焚《た》くなら泥炭を使えばいいし、納屋は石で造ればいいじゃないか。まあ、百歩ゆずって木を切る必要があるとしても、なにも根絶やしにする必要はない。ロシアの森は斧《おの》を振り下ろされて断末魔の呻《うめ》きをあげ、何十億という木々が滅び、獣《けもの》や小鳥たちの住みかはもぬけの殻になり、川はやせ細って干あがり、すばらしい景観は消えてゆき、二度と取り返すことはできないんだ。それもこれも、ものぐさな人間どもが身をかがめて燃料を拾う労すら惜しむからさ。（エレーナに）そう思いませんか、奥さん？　自分ちの暖炉でこの美しいものを燃やしたり、自分で作り出せないものを破壊するなんて、料簡《りょうけん》のない野蛮人がすることです。人間に立派な頭や物を作り出す力が授けられているのは、人間に与えられているものを増やすためなのに、これまで人間は毀《こわ》すばかりで、作り出そうとしてこなかった。おかげで、森はますますまばらになり、川は干あがり、野鳥は逃げだし、気象はそこなわれ、日に日に大地はやせ細っているのです。（ワーニャに）ほら今だって、君はぼくのことを皮肉な目で見ている、ぼくが話していることなんて戯言《たわごと》としか思っていないんだろう。でもね……でも、まあ、じっさいこれは変人のなせるわざなのかもしれない。でもね、ぼくが伐採から救ってやった農民たちの森のそばを通ったり、この手で植えた若い苗木の森がざわめいているのを耳にすると、ぼくはつくづく思うんだ、気象だって多少はぼくの力で左右できるって、それにもし一千年後の人間が仕合わせになれたとしたら、多少なりともそこにはぼくの努力もあずかっているのだとね。ぼくが白樺の木を植えて、やがてその木が青々と茂って風にゆれているのを目にすると、ぼくの心は誇りに満ちてくる。それでぼくは……。（ウオッカのグラスが載った盆を運んでくる下男に目をとめて）それにしてもだ……。（飲みほす）さてと、出かけなくては。こんなことは、どうせ変人のなせるわざなんだろうな。では、おいとまします。

ソーニャ（うしろからアーストロフの腕をとって、一緒に歩きながら）今度いついらっしゃいます？

（家の中に向かう）

アーストロフ さあ……。

ソーニャ またひと月先ですの？

アーストロフとソーニャ、家のなかに去る。マリヤ・ワシーリエヴナとテレーギンはテーブルのそばに居残っている。エレーナとワーニャ、テラスに向かう。

エレーナ　ワーニャさん、あなたって人は、また人を困らせるようなまねをなさったわね。お義母《かあ》さまに腹を立てさせたり、書き物をする永久機械だなんて。今日だって朝食のときに主人と口論なさったわね。それもささいなことで。

ワーニャ　でも、ぼくはあの男のことが憎いんだ！

エレーナ　主人を憎む理由なんてあるかしら。あの人だって、ほかの人とおんなじよ。あなたよりひどいわけじゃありません。

ワーニャ　あなたがご自分の顔や立ち居振る舞いをご自分の目でごらんになれたらなあ……。生きているのがさも面倒くさそうですよ！　面倒でたまらんという風情だ！

エレーナ　ああ、いやだ、つまんない！　みんな、主人のことをわるく言うし、私のことを憐《あわ》れみの目でごらんになる。かわいそうな女だ、あいつの亭主は年寄りだとね。私に同情してくださるわけ。分かってますよ、そんなこと。先ほどアーストロフさんがおっしゃったように、あなた方はみんな、分別もなく森を台なしにしていて、そのうちにこの地上にはなんにも残らなくなるんだわ。それと同じように、あなた方は人間を台なしにしてらっしゃるのよ。そのうち、あなた方のせいで、この地上から誠実さや清らかさも、自分を犠牲にする能力だってなくなってしまうでしょうよ。どうしてあなた方は自分のものでもない女性をそっとしておけないの？　あの医者《せんせい》がおっしゃるとおりよ、あなた方みんなに破壊の悪魔が棲みついているんだわ。あなた方は森だとか小鳥だとか、女性も、お互い同士も、憐れむ気がないのよ。

ワーニャ　嫌いだな、そういう哲学。

間。

エレーナ　あの方って、疲れて神経質そうな顔をしてらっしゃる。気になる顔だわ。ソーニャはきっと、あの方が好きなのね。そうよ、恋しているんだわ。その気持ち、よく分かるわ。私がこちらに来てから、あの方もう三度もいらしてる。なのに私ったら、物怖《ものお》じしてちゃんとお話ししたこともない。やさしい言葉ひとつかけてあげたこともない。私のこと、きっと意地悪な女だと思ってらっしゃるにちがいない。ねえ、ワーニャさん、私たちがこんなに気が合うのは、二人とも退屈でつまらない人間だからよ。退屈な人間！　そんなふうに私をごらんにならないで、そんなの嫌い。

ワーニャ　ほかにどう見ようがあります、ぼくはあなたに恋してるんだ。あなたはぼくの仕合わせ、人生、青春なんだ。よく分かってますよ、あなたが同じ恋心で応じてくださるチャンスなんてこれっぽかしもなく、ゼロに等しいことはね。でも、ぼくはなんにもなくっていい、ただこうしてあなたを眺めて、その声を聞いているだけでいいんです……。

エレーナ　シーッ、他人《ひと》に聞かれますわ。

二人、家に向かう。

ワーニャ　（エレーナのあとをついていきながら）いや、言わせてください、あなたのことが好きだ。邪険にしないでください。それだけでぼくは仕合わせなんだから。

エレーナ　もう、うんざり……。

二人、家のなかに消える。テレーギン、ギターの弦を爪弾《つまび》いて、ポルカを奏でる。マリヤ・ワシーリエヴナ、小冊子の欄外になにやら書き込みをしている。

幕

第二幕

セレブリャコフ家の食堂。夜中。庭で屋敷番が拍子木を叩く音が聞こえる。セレブリャコフ、開け放たれた窓辺の肘掛け椅子に座ったまままどろんでいる。エレーナもそのかたわらに座ってまどろんでいる。

セレブリャコフ　（はっと気づいて）誰だ、そこにいるのは？　ソーニャか？

エレーナ　私よ。

セレブリャコフ　君だったのか……痛くてたまらん。

エレーナ　あら、膝掛けが床に落ちてますわ。（彼の足をくるんでやる）窓、閉めますよ。

セレブリャコフ　いや、むしむしするんだ。今しがたうとうとして、夢を見た。左足が自分の足ではなくなったような夢だ。あまりの痛みに目が覚めた。これは痛風なんかじゃない、リューマチだ。いま何時だ？

エレーナ　十二時二十分。

間。

セレブリャコフ　朝になったら書斎でバーチュシコフ[4]の本を探してくれ。たしか、うちにあったはずだ。

エレーナ　なんです？

セレブリャコフ　朝になったらバーチュシコフを探してくれと言っているんだ。たしか、うちにあったはずだから。それにしても、どうしてこんなに呼吸《いき》が苦しいんだろう？

エレーナ　お疲れなのよ。もう二晩もお休みになってないんだもの。

セレブリャコフ　トゥルゲーネフは痛風から狭心症になったという話だ。私もそうならなければいいが。忌々しい、おぞましいことだ、老いるというのは。ああ、厭《いや》だ。年を取ると自分で自分が厭になる。きっとそうだろう、お前たちも、私を見るのも厭だろうな。

エレーナ　年を取るのが、まるで私たちのせいみたいな口ぶりね。

セレブリャコフ　君が真っ先に嫌気がさすんだろうな。

エレーナは離れて遠くに座る。

たしかに、君の言う通りだ。馬鹿じゃないから私にも分かる。君は若くて健康で美人で人生を愉しみたいと思っている。ところが、私ときたら老人で、死人も同然だ。だが、どうしようがある？　私にも分かっているさ。そりゃあ、今日まで私がこうして生きながらえているのは馬鹿げたことだ。だが、もう少しの辛抱だ、今にお前たちみんな、解放してやるから。もう、そう長くはないから、私は。

エレーナ　もう、うんざり……。お願いだから、静かにしていてちょうだい。

セレブリャコフ　ほう、私のせいでみんながへとへとになり、鬱陶《うっとう》しい気分になって、あたら自分の青春を台なしにしているのに、私ひとり人生を謳歌して満足しているってわけか。どうだ、図星だろう？

4　ロシアの詩人・小説家コンスタンチン・バーチュシコフ（一七八七〜一八五五）。

エレーナ　いい加減にして。私を苦しめてばっかり。
セレブリャコフ　もちろんさ、私はみんなのお荷物さ。
エレーナ　（涙声で）もう耐えられない！　この私に、どうしろとおっしゃるの？
セレブリャコフ　べつに。
エレーナ　じゃあ、黙ってらして。お願いだから。
セレブリャコフ　奇妙だねえ。ワーニャやあの老いぼれのお袋さんが話したって、別段何もなく、みんなおとなしく拝聴してるっていうのに、いったん私が口を切ると、みんな不幸になるんだ。私の声すら厭なんだ。そりゃあ、私は厭なわがままな男かもしれない、暴君かもしれない。でもこの年齢《とし》になって、わがままを聞いてもらう権利もないのかね？　私はそれにすら価しないのか？　穏やかな老年を迎える権利も、他人様からやさしい言葉のひとつも掛けてもらう権利もないのか？
エレーナ　あなたの権利をとやかく言う人なんかいやしません。

風でばたんと窓が閉まる。

風が出てきたわ、窓を閉めますよ。（窓を閉める）雨になりそう。誰もあなたに、ああしろこうしろなんて言いやしません。

間。庭で屋敷番が拍子木を打ち、歌を口ずさんでいる。

セレブリャコフ　私は生涯、学問一筋に生きてきたので、自分の書斎と、大学の講堂、尊敬すべき同僚たちの狭い世界しか知らない。ところが、ひょんなことからこんな侘しい納骨堂のようなところに閉じ込められ、毎日毎日バカっ面《つら》を拝まされ、つまらん話を聞いていなければならないのだ。私は愉しく生活を送りたい、成功を収めてみなからちやほやされたいんだ。ところが、ここときたら、まるで島流しだ。四六時中昔のことを思い出して懐かしさに胸を焦がし、他人の出世をうらやんで、迫り来る死期に戦々恐々とするばかりだ……。こんなことが耐えられるかい！　そんな力があるものか！　それに、ここでは年寄りに免じて私のわがままを許してくれようともしない！

エレーナ　もう少しの我慢よ。五年か六年もすれば、私もお婆さんになりますから。

ソーニャ、登場。

ソーニャ　パパ、ご自分でアーストロフ先生をお呼びになっておきながら、先生がいらしたらお会いにならない。失礼だわ、こんなこと。ただの人騒がせよ。

セレブリャコフ　お前の言うアーストロフ先生なんか、私のなんの役に立つ？　あの男の医学の知識なんか、私の天文学の知識と似たり寄ったりだ。

ソーニャ　パパが痛風だからって、大学の医学部の先生方をこぞってお呼びするなんてできないわよ。

セレブリャコフ　あんな変人とは口もきかんからな。

ソーニャ　どうぞご勝手に。（腰を下ろす）どうだっていいわ、あたし。

セレブリャコフ　いま何時だ？

エレーナ　十二時すぎよ。

セレブリャコフ　むしむしする。ソーニャ、テーブルから水薬を取ってくれ。

ソーニャ　はい、どうぞ。（水薬を渡す）

セレブリャコフ　（腹立たしげに）いや、これじゃない。頼み事ひとつできやしない。

ソーニャ　駄々をこねないでよ。そういうのが好きな人もいるかもしれないけれど、あたしはごめんだわ。そんなの、お断りよ。それに、あたし、時間がないの、明日《あした》は早起きして、草刈りしなくてはならないし。

部屋着姿のワーニャが蠟燭《ろうそく》を持って登場。

ワーニャ　嵐の気配だな。

稲妻が光る。

ほおら、おいでなすった。エレーヌ[5]もソーニャも、寝に行っていいよ。ぼくが代わるから。

セレブリャコフ　（驚いて）と、とんでもない。この男と二人にしないでくれ。話し込まれたら大変だ。

ワーニャ　でも、この二人だって、休ませてやらなくちゃならんでしょう。もう二晩も寝てないんだから。

5　エレーナをフランス語ふうに呼ぶ形。この戯曲ではエレーナがソーニャに「ソフィー」と呼びかけたり、母親がワーニャを「ジャン」と呼ぶことなども、これにあたる。

セレブリャコフ　二人は下がってもらって結構、だが、君にもお引き取り願いたい。ありがとう。お願いする。かつての二人の友情に免じて、どうかそうしてくれたまえ。話は、また改めてしよう。

ワーニャ　（薄ら笑いをうかべて）かつての二人の友情ねえ……かつての、へーえ……。

ソーニャ　もうやめて、伯父さん。

セレブリャコフ　（妻に）どうか、この男と二人にしないでくれ。話し込まれたら、たまったものじゃない。

ワーニャ　なんだか茶番じみてきたぞ。

マリーナ、蠟燭を持って登場。

ソーニャ　ばあやは休んでていいのよ。もう晩《おそ》いから。

マリーナ　テーブルのサモワールも片づいていませんし。横になっても寝つけませんでね。

セレブリャコフ　誰も眠れず、悶々《もんもん》としてるというのに、私ひとりが太平楽ってわけか。

マリーナ　（セレブリャコフに歩み寄って、やさしく）どうなさいました、旦那さま。痛むんですか？　あたしも、この足がね、痛むんです、ずきんずきんと。（膝掛けを直してやる）昔からおわるかったですものね。ヴェーラさま、ソーニャお嬢さんのお母さまも、夜、お眠りになれませんでした、思いわずらってらっしゃったんですね……。旦那さまのことを、ずいぶん大事になさっていらっしゃいましたから……。

間。

年寄りは子供とおんなじで、誰かにやさしくしてもらいたいんです。でも年寄りのことなんか、誰も構っちゃくれません。（セレブリャコフの肩にキスをする）さあ、参りましょう、ベッドに……。さあ、参りますよ……。菩提樹《ぼだいじゅ》のお茶をおいれして、足を温めて差し上げましょうね……。それから、旦那さまのことを神様にお祈りします……。

セレブリャコフ　（心を打たれて）行こう、ばあや。

マリーナ　あたしも、この足がね、痛むんです、ずきんずきんと。（ソーニャと一緒にセレブリャコフを連れて行く）ヴェーラさまも、しじゅう思いわずらって、泣いてらっしゃいましたよ……。ソーニャお嬢さん、あなたはまだ小さくて、聞きわけがありませんでしたからね……。さあ、さあ、旦那さま……。

セレブリャコフとソーニャとマリーナ、退場。

エレーナ 私、主人のことでもうくたくた。こうして立っているのがやっとだわ。

ワーニャ あなたはご亭主だけれど、ぼくは自分自身を持てあましているんです。眠れない夜がこれで三日目だ。

エレーナ この家って、なんだかぎくしゃくしているわね。お義母《かあ》さまときたら、ご自分の小冊子と主人のこと以外、何もかも嫌ってらっしゃるし、主人は怒りっぽくて、私のことを信用してないし、あなたを恐れている。ソーニャは主人にはつっけんどんだし、私にも無愛想で、もう二週間、口もきいてくれない。あなたは主人を憎んでらして、お義母さまのことをあけすけに蔑《さげす》んでらっしゃる。私だっていらいらして、今日は二十回も泣き出しそうになったくらい……。変なのよ、この家。

ワーニャ やめましょう、こむずかしい話なんか。

エレーナ　ワーニャさん、あなたは教育もあって頭もいいから、きっとお分かりになるはずよ。世の中が滅びるのは、悪党のためでもなければ火事のせいでもなく、憎悪だとか敵意だとか、ささいな小競《こぜ》り合いのためなの……。だから、あなたがなさらなきゃならないのは、愚痴をこぼすことではなく、みなさんを仲直りさせることじゃないかしら。

ワーニャ　まずは、ぼくをぼく自身と仲直りさせてください。エレーヌ……。（エレーナの手にすがる）

エレーナ　なになさるんです！（手をもぎ放して）あちらへいらして！

ワーニャ　今に雨はあがるでしょう。そうすれば、自然界の生きとし生けるものはすべて甦《よみがえ》り、ほっと息がつける。ところが、このぼくだけは、この嵐でさえ甦らせることはできないんだ。人生は失われた、もう取り返しがつかない——そんな思いが、昼も夜も、まるで家の悪霊みたいに、ぼくの心をさいなむんだ。過去なんてものはない。そんなものは、ささいなことにかまけているうちに過ぎてしまった。現在はというと、これがまたはちゃめちゃで、おぞましいの一語につきる。これがぼくの人生です、ぼくの愛の顛末《てんまつ》なんだ。ぼくはこの人生や愛をどこに持ってけばいいんです？　どう扱えばいいんです？　ぼくの生き生きとした感情は、暗い穴に差しこむ日の光のように、空《むな》しく消えていく。ぼくも同じように消えていくんだ。

エレーナ　あなたが愛だとか恋のお話をなさると、あたし頭がぼうっとして、何をお話しすればいいのか分からないの。ごめんなさい、申し上げることはありません。（立ち去ろうとして）お休みなさい。

ワーニャ　（エレーナの行く手をさえぎって）分かってください、ぼくと一緒にこの家でもうひとつの人生が消えていくのだと考えると、ぼくはいても立ってもいられない。そうです、あなたの人生ですよ。何を待ってるんです？　どんな忌《い》まわしい哲学があなたの邪魔をしているんです？　分かりますよね、ぼくが言ってること……。

エレーナ　（ワーニャを見すえて）ワーニャさん、あなた、酔ってらっしゃる。

ワーニャ　そうかもしれません、大いにそうかもしれない……。

エレーナ　医者《せんせい》はどちら？

ワーニャ　向こうです……ぼくの部屋で休んでます。そうかもしれません、大いにそうかもしれない……。何もかも、そうかもしれない！
エレーナ　それで、今日もお飲みになったわけ？　なんのためなの？
ワーニャ　こうでもしなけりゃ、生きている気がしませんからね……。ぼくのことなんか、どうぞお構いなく、エレーヌ。
エレーナ　以前はけっしてお飲みにならなかったし、こんなおしゃべりじゃなかった……。行ってお休みなさい。あなたといたって、つまらないわ。
ワーニャ　（エレーナの手にすがりついて）お願いだ……行かないで！
エレーナ　（忌々しそうに）放してちょうだい。もう、いやっ。（立ち去る）
ワーニャ　（ひとりになって）行っちまった。

　間。

　十年前あの女《ひと》に出会ったのは、亡くなった妹の部屋だった。あのとき彼女は十七で、ぼくは三十七だった。どうしてあのとき恋してプロポーズしなかったんだろう。やろうと思えばできたじゃないか。そうしていれば、あの人は今ではぼくの妻だ……。そう……。さだめし今ごろは、二人して嵐に目を覚ましていることだろう。彼女は雷鳴におびえている。ぼくは彼女を抱き寄せて、ささやきかける。「さあ、心配はおよし、ぼくがいるからね」。ああ、考えるだけでうっとりするなあ。思わず笑みまでこぼれてくるじゃないか……。だがな、ちくしょうめ、頭のなかがこんがらがってきたぞ……。どうして、俺は老いてしまったんだ？　どうしてあの人はぼくのことを分かってくれないんだ？　あの人の言い草だとか、怠惰なモラル、世界の破滅がどうのこうのという、あのたわけたものぐさな考え——何もかも虫酸《むしず》が走る。

間。

ああ、俺は、まんまといっぱい食わされたんだ。俺はあの哀れな痛風病みの教授を神とあがめ、あいつのために馬車馬みたいに、せっせと働いてきた。ソーニャと二人で、この土地からあがる儲けの最後の一滴までしぼりつくしてやったんだ。二人して、そこらの商人《あきんど》みたいに、菜種油やエンドウ豆やチーズを売りさばき、自分たちはそのおこぼれも口にしなかった。端金《はしたがね》やら小銭をかき集めては、何千ルーブルもの金をこしらえ、あいつのもとに仕送りしてやったんだ。俺はあの男とあの男の学問を誇りに思い、あの男を生き甲斐に生きてきた。あの男が書くこと、口にすることが、どれもこれも俺には異彩を放って見えたものだ……。バカバカしい、それが今じゃどうだ? あの男が職を退いてみると、やつの生涯がありありと見える。死んでしまえば、あいつが書いたものなど一ページだって残るものか。世間にゃまったく無名、ただのみそっかす。シャボンの泡だ。俺はまんまといっぱい食わされた……ああ、情けないっ……。

アーストロフ、登場。フロックコートを着ているが、チョッキもネクタイもつけていない。ほろ酔い気分。そのうしろからギターを抱えたテレーギン。

アーストロフ 何か弾けよ。

テレーギン みなさんお休みだよ。

アーストロフ いいから、やれ。

テレーギン、小さな音でギターを奏でる。

(ワーニャに)ひとりなのか? ご婦人方は? (腰に手をあて、小声で歌う)「小屋も踊って、暖炉も踊った日には、ご主人いったい、どこで寝られよか」。嵐で目が覚めてしまってねえ。ひどい雨だ。いま何時だい？

ワーニャ　知るか、そんなこと。

アーストロフ　エレーナさんの声がしたようだが。

ワーニャ　さっきまで、ここにいたさ。

アーストロフ　あでやかな女性だなあ。（テーブルの上の薬壜をながめまわして）薬か。ほう、ずいぶん揃えたものだ。ハリコフに、モスクワに、トゥーラ……。先生の痛風のおかげでほうぼうの町の薬局がてんてこ舞いさせられているわけだ。あれは病気かね、それとも仮病かね？

ワーニャ　病気だ。

間。

アーストロフ　どうした、そんな浮かない顔をして。あの先生のことが、かわいそうなのかい？

ワーニャ　ぼくに構うな。

アーストロフ　それとも、教授夫人に惚れたのかな。
ワーニャ　あの人は、ぼくの親友だ。
アーストロフ　もう?
ワーニャ　「もう?」って、どういうことだ。
アーストロフ　女性が男性の親友になるのには、順序がある。まず最初にお友だち、次に愛人、そしてようやく親友ってわけだ。
ワーニャ　凡俗な哲学だな。
アーストロフ　なんだって?　そう……。白状するが、ぼくは凡俗になったね。それに、見てのとおり、ただの酔っぱらいさ。たいてい、こんなふうに月に一度ぼくは浴びるように飲む。そうなると、とても傲慢《ごうまん》になり、怖いもの知らずさ。何だってお茶の子さいさい。どんなに難しい手術だって、みごとにこなせる。ぼくの前には洋々たる前途が開けてくる。そうなると、もう自分が変人だなんて思わない。人類に莫大な利益をもたらしてやるんだという気になってくる……そう、莫大な、だ。こうなると、ぼくには一種独特の考え方が生まれてきて、諸君なんぞ、ただの虫けら、微生物に思えてくる。(テレーギンに)ワッフル、さあ、何かやれ。

テレーギン　弾いてあげたいのは山々だけど、もうみなさんお休みなんだから。

アーストロフ　いいから、やれっ。

テレーギン、小さな音でギターを弾く。

もう一杯やりたいな。行こう、たしか向こうにまだコニャックが残っていたはずだ。夜が明けたら、ぼくのうちに行こう。よかね？　うちの助手は、けっして「いいですね」とは言わない、「よかね」と言うんだ。これが手のつけられないイカサマ野郎でね。じゃあ、よかね？（入ってくるソーニャを見かけて）失礼、ネクタイもつけないで。（足早に退場。テレーギン、あとからついていく）

ソーニャ　伯父さんたら、また先生とお飲みになったのね。二人とも仲のいい豪傑だこと。まあ、先生はいつものことだけれど、また、どうして伯父さんまで、年甲斐もなく飲んだりして。

ワーニャ　年なんて関係ないさ。本当の生活がない人間は、夢まぼろしに生きるしかない。それでも、何もないよりはマシだからな。

ソーニャ　うちの干し草は全部刈り入れはすませたけれど、毎日雨にたたられて腐りかけているのよ。なのに、伯父さんときたら、夢まぼろしがどうとかこうとか。すっかり領地の仕事はほっぽり出したまま……。働いているのは、あたしだけ、もうヘトヘト……。（はっと気づいて）伯父さん、泣いてらっしゃるの。

ワーニャ　泣いてなんかいるものか。なんでもない……バカバカしい……。今ぼくを見つめたお前の目が、死んだお前の母さんそっくりだったんだ。ああ、ぼくのソーニャ……（むさぼるように彼女の両手と顔にキスする）ああ、ぼくの妹、……妹は今どこにいるんだ。妹がいれば、分かってくれるんだがなあ！　きっと分かってくれるにちがいない！

ソーニャ　なんのこと？　伯父さん、何を分かってくれるの？

ワーニャ　苦しいんだ、やりきれん……。なんでもない……。また、あとで……。なんでもないよ……。じゃあ、ぼくは部屋に戻る……。（退場）

ソーニャ　（ドアをノックする）アーストロフ先生。まだ、お休みじゃありません？　ちょっとお話が。

アーストロフ　（ドアの向こうで）少々お待ちを。（しばらくして登場。このときにはチョッキを着て、ネクタイを締めている）何かご用ですか。

ソーニャ　ご自分でお飲みになるぶんには構いませんが、お願いです、伯父さんには飲ませないでいただけませんこと。体に障りますので。

アーストロフ　もう二度と一緒には飲みません。

間。

今から家に帰ります。もう決めました。馬の支度をしているうちに、夜も明けるでしょう。

ソーニャ　雨が降ってますわ。朝までお待ちになったら。

アーストロフ　嵐はそれたようです。かすめただけです。これから帰ります。ああ、そうそう、もうお父さまの往診には呼ばないでいただきたい。こちらが痛風だと申し上げても、お父さまはリューマチだとおっしゃる。横になっているようにお願いしても、起きて座ってらっしゃる。今日なんか、もう私と話そうともなさらない。

ソーニャ　まるで駄々っ子ですわ。（食器棚のなかを目でさがして）何か召し上がります？

アーストロフ そうですね、いただきましょうか。

ソーニャ 夜中にちょっといただくのが好きなんですよ。棚に何かあったはずです。父は、噂では、若いころずいぶんもてたそうで、ご婦人方に甘やかされたんです。チーズです、どうぞ。

二人、食器棚の前に立ったまま食べる。

アーストロフ 今日は何も口にしてませんでね、ただ飲んでただけで。それにしても、こちらのお父さまは扱いにくい方だ。（食器棚からボトルを取り出す）構いませんか？（一杯ぐっとあおる）ここにはほかには誰もいないのでズバリ申し上げます。こう言っちゃなんですが、この家ではぼくはひと月と暮らせないでしょうね。この空気は息がつまる……。お父さまは痛風だとか本のことで頭がいっぱいだし、伯父さんは辛気《しんき》くさいし、お祖母《ばあ》さまや、お義母《かあ》さまにしたって……。

ソーニャ 義母《はは》が、何か？

アーストロフ 人間は、何もかも美しくなくてはいけない。顔も、着ているものも、心も、考えもね。あの方が美人であること――これは文句のつけようがない。でも、あの人がしていることといえば、ただ食べて、眠って、散歩をして、われわれみんなをその美しさでとりこにしている、ただそれだけです。あの人にはなんの義務もなく、彼女のために他人が働いている……。そうじゃありませんか？そんな怠惰な生活が清らかであるはずがない。

間。

ひょっとすると、ぼくはあの人にたいして厳しすぎるのかもしれません。ぼくはあの伯父さんと同じように生活に満足できず、それで二人とも愚痴っぽくなっているんです。

ソーニャ　生活にご不満なんですか？

アーストロフ　生活は好きです。ただね、ここの田舎の生活、ロシアの俗臭ふんぷんたる生活には我慢がならない、心底憎んでますね。ぼくの私生活についていえば、自慢できるようなものは何もありません。そう、暗い夜中に森のなかを進んで行くとしましょう。そんなときに遠くに灯《あか》りでもまたたいていたら、疲れだとか、夜の闇だとか、顔をひっかく木の枝だって気にはならない……。ぼくは、あなたもご存じのように、この郡では誰にも負けないくらい、身を粉《こ》にして働いています。それなのに、運命は容赦なくぼくを鞭打ち、ときにはもう耐えられないと思うくらい苦しいこともある。ところが、ぼくにはあの遠くでまたたいている灯りがないんです。ぼくはもう自分のためには何かを望むことも、誰かを愛するってこともない……。もう長いあいだ、誰かを好きになったこともありません。

ソーニャ　どなたも、いらっしゃらないんですの？

アーストロフ　ええ、誰も。ある種の愛情を感じるのは、お宅のばあやさんだけですね。まあ、これは昔のよしみです。男どもときたら、どれもこれも判で押したようにおんなじで、知的レベルは低いし、けがらわしい生活ぶりです。じゃあインテリと呼ばれる連中はどうかというと、これと仲よくやっていくのはむずかしい。連中にはうんざりさせられます。連中はみんな、まあ仲間だけれど、考え方はしみったれているし、感受性もなければ、自分の鼻先より遠くは見ようともしない。まあ、早い話が、愚かな連中だ。なかには、多少は頭も切れて、ましな人間もいますが、そういうのにかぎってヒステリックで、われとわが身の分析に余念がない……。こういう手合いはわが身の不遇をかこつばかりで、憎しみをつのらせ、病的なまでの誹謗《ひぼう》中傷に走り、わきから他人にこっそり近づいて、ちらとこちらを盗み見しては、「ああ、こいつは精神異常だ」とか「これは口先ばかりの人間さ」ときめてかかる。で、どんなレッテルを貼ればいいのか分からなくなると、「あれは変わった男さ」とあっさり切りすてる。ぼくは森が好きですが、連中にしてみれば、これも変だし、ぼくが肉を食べないと、これも変だということになる。自然や人間にたいする率直で、混じりっけのない、偏見にとらわれない物の見方なんてないんです……。まったくないんです。（まだ飲みたそうなようす）

ソーニャ　（相手を制して）お願い、もうお飲みにならないで。

アーストロフ　どうしてです？

ソーニャ　先生らしくありませんわ。先生は垢抜《あか》けてらして、とてもやさしい声をなさってます……。いえ、それ以上ですわ、あたしが存じ上げているどなたより立派な方です。なのにどうして、お酒を召し上がったりカードをやったり、ほかの人と同じようなまねをなさるんです？　どうか、そんなまねはなさらないで、お願いですから。ご自分でいつもおっしゃってるではありませんか、人間は何も作り出さず、天からさずかったものを破壊するばかりだって。なのにどうして、ご自分を破滅させるようなまねをなさるんです？　そんなことなさっちゃ、いけません、お願いですから。

アーストロフ　（右手を差し出して）今後はもう飲みません。

ソーニャ　お約束していただけます？

アーストロフ　誓って。

ソーニャ　（強く手を握りしめる）信じますわ。

アーストロフ　やれやれ！　すっかり醒めちまった。どうです、もうすっかり素面《しらふ》でしょう、生涯この調子で行きますよ。（時計をながめて）さて、先ほどのお話ですがね。そうなんです、ぼくの人生はもう終わった、手遅れなんです。老け込んで、働きすぎてガタがきて、俗物になって、感受性もすっかり鈍くなって、もう誰にたいしても愛着は感じられないような気がします。今も好きな人はいないし……、これからも人を愛することはないでしょう。ただ、今もぼくをとらえて放さないのは、美しいものだけですね。美にたいしては無関心ではいられない。きっと、あのエレーナさんがその気になれば、一日でぼくを夢中にさせてしまいます

よ……。でもね、こういうのは愛じゃない、愛着でもありません……。（片方の手で両目をおおって、小刻みに体を震わせる）

ソーニャ　どうなさったの？

アーストロフ　いや、その……四旬節にね、クロロフォルムを嗅がせた患者が死んじまったことがね。

ソーニャ　そのことなら、もうお忘れになってもいい時期よ。

間。

ねえ、先生、お尋ねしてもいいかしら……。もし、あたしに女友だちか妹がいたとして、その娘《こ》が、先生のことを好きで、もしそれが分かったら、先生、どうなさいます？

アーストロフ　（肩をすくめて）さあ、どうでしょう。おそらく、どうすることもないでしょうね。ぼくなら、その人に悟らせますね、ぼくがその人を愛するなんてことがないことをね……それに、ぼくはそんなことにかかずらっている暇なんかないんだってね。それにしても、そろそろおいとましなくては、それじゃ。さようなら、このままだと、朝になっても話は終わりませんからね……。（握手する）よろしければ、客間を通って帰らせていただきます。さもないと、また伯父さんに引き止められかねない。（退場）

ソーニャ　（ひとり残って）あの方、何もおっしゃってくださらなかった……。何を考えてらっしゃるのか、どう思ってらっしゃるのか、あたしにはうかがい知れないけれど、どうして、あたし、こんなに仕合わせな気分なんだろう。（うれしさに、声を立てて笑う）あたしったら、先生は垢抜けてらっしゃる、なんて言っちゃって。それに、上品で、やさしい声だなんて……。でも、自然と口をついて出たんだもの。あの方の声って、か細く震えるようで、心をくすぐるんだもの……今もその声が耳元で聞こえるほどだわ。でも、あたしが妹のことを持ち出しても、あの方、気づいてくださらなかった。（両手をもみしだく）ああ、いやだなあ、あたし、美人じゃないんだもの。ほんとに、いやよ。でも、自分でも分かってるわ、器量がよくないってことぐらい。そうよね、ほんとに、そうよ……。前の日曜日、教会からみんなが出てきたときに、あたしの噂を耳にしたわ。ある女の人が言ってたっけ、「あの娘《こ》は心のやさしい、いい娘《こ》なんだけど、残念ね、あの器量じゃ……」って。器量がよくないんだ……。

エレーナ、登場。

エレーナ　(窓を開ける) 雨もあがったわね。気持ちのいい空気だこと。

間。

ソーニャ　お帰りになったわ。

医者《せんせい》はどちら?

間。

エレーナ　ねえ、ソフィー。

ソーニャ　なあに?

エレーナ　いつまであなた、私にプリプリしているつもりなの? 私たちお互い何も意地悪してないのに。どうして、二人でいがみ合っていなきゃならないの? もうたくさんよ。

ソーニャ　あたしだって、そう思ってた……。（相手を抱きしめる）腹を立てるのは、もうたくさん。
エレーナ　ああ、よかった。

二人で抱き合う。

ソーニャ　お父さまはもうお休み？
エレーナ　いいえ、客間で起きてらっしゃるわ……。それにしても、私たちもう何週間も口をきかなかったわね、わけもないのに……。（食器棚が開いているのに気づいて）何をしてたの？
ソーニャ　アーストロフ先生がお夜食をいただいてらしたの。
エレーナ　ワインもあるじゃない……。仲直りに飲みましょうよ。
ソーニャ　いいわ。
エレーナ　ひとつグラスから……。（ワインをつぐ）これくらいがいいわね。じゃあ、これで水に流しましょ。
ソーニャ　いいわ。

飲んで、キスしあう。
前から仲直りしたいと思ってたの。でも、なんだかきまりがわるくって……。
(涙ぐむ)
エレーナ 涙ぐんだりして、どうしたの？
ソーニャ なんでもないの、なんだか勝手に涙が出てきちゃって。
エレーナ さあ、もういいのよ、もういいのよ……。(涙ぐむ) おバカさんね、私まで涙ぐんだりして。

間。

あなたが私につむじを曲げているのは、私が計算ずくでお父さまと結婚したと思っているからよね……。信じてもらえるかどうか分からないけれど、本当よ、お父さまが好きだったから、私、結婚したの。学者で有名なお父さまに、私、夢中だったの。愛は本物じゃなく作り物だったけれど、あのころの私には本物に思えたの。仕方ないじゃないの。なのに、あなたったら、結婚以来ずっとそのお利口そうな疑《うたぐ》りぶかい目で、非難がましく私をにらみつけてきたんだわ。

ソーニャ　もう、いいの、仲直りしたでしょう。忘れましょ。

エレーナ　そんなふうに人を見るもんじゃなくってよ――あなたには似合わないんだから。誰でも信じることよ、そうでなくっちゃ、生きてけやしません。

間。

ソーニャ　正直に答えてくださる？　お友だちとして……。どう、お仕合わせ？

エレーナ　いいえ。

ソーニャ　そうだと思った。もうひとつ質問。正直に答えてね――もっと若い夫だったらよかったのに、とそう思うことある？

エレーナ　まだ子供ね。もちろん、そう思うわ。（笑い出す）さあ、もっと何でも聞いてちょうだい。

ソーニャ　アーストロフ先生のこと、お好き？

エレーナ　ええ、もちろん。

ソーニャ　（笑って）あたし、バカみたいな顔してるでしょ……そうよね？　あの方、もうお帰りになったけれど、あたしにはまだあの方の声や足音が耳のなかでひびいているの。あの暗い窓に目をやると、あの方の顔が浮かんでくるの。こうなったら、白状するわね……。でも、大きな声で言えないの、恥ずかしくって。あたしの部屋に行きましょ。そこでお話ししましょ。あたしって、バカみたいでしょう。そうだと、おっしゃっていいわ……。何かあの方のこと、お話しになって……。

エレーナ　何を言えばいいのかしら？

ソーニャ　アーストロフさんて、聡明で……なんでもお上手だし、おできになる……。患者さんの治療もなされば、植林もなさる……。

エレーナ　大事なことは、木を植えるとか病人を治すことにあるわけじゃないの……。ねえ、いいこと、大事なのは才能があるってことよ。才能があるって、どういうことか分かる？　大胆で、ものごとにとらわれない頭脳、とてつもなく広い考え方なのよ……。あの人はたった一本、木を植えたって、一千年後のその結果が見通せていて、人類の仕合わせな世界が見えているの。そんな人って滅多にいるもんじゃない、だから愛してあげることが必要なのよ……。あの人はお酒を召し上がるし、ときどきがさつなこともあるけれど――、そんなのささいなことよ。このロシアでは、才能がある人は清廉潔白ではいられないの。考えてごらんなさい、あの人の生活がどんなものか。行く先々は底なしの泥沼、ひどい寒さに吹雪《ふぶき》、行けども行けども縮まらない距離、がさつで野蛮な人びと、まわりは貧困に病気ばかり。そんな状態のなかで働き、日々たたかっている人に、四十歳になるまで清廉で素面でいなさいって言ったって、無理よ……。（ソーニャにキスする）私、心底願っているの、あなたには仕合わせになってもらいたいって……。（立ち上がる）私ってつまらない、添え物みたいな存在なの……。音楽をやっても、夫の実家にいても、恋をしていても――早い話が、どこにいても、私ってたんなる添え物でしかないの。正直に言うわね、ソーニャ。よくよく考えてみると、私って、とっても不幸なの。（感情が高ぶってきて舞台を歩きまわる）この世に、私の仕合わせなんかないの。ありっこないの。何を笑ってるの？

ソーニャ　（笑って、顔をおおう）あたし、とっても仕合わせ……とても仕合わせなの。

エレーナ　なんだかピアノでも弾きたくなってきたわ……。何か弾こうかしら。

ソーニャ　お弾きなさいよ。（エレーナを抱きしめる）あたし、眠れそうにないし……。

ねっ、何か弾いて。

エレーナ ちょっと待って。まだお父さまはお休みじゃない。ご病気のときは、音楽が体に障るの。行って、うかがってみて。お許しが出れば、何か弾くわ。聞いてきて。

ソーニャ ええ、いいわ。(退場)

庭で屋敷番が拍子木を叩いている。

エレーナ ずいぶん長いあいだ弾いてないわ。弾いたら泣き出してしまいそう、バカみたいに泣き出しそうだわ。(窓から)拍子木を叩いているのは、あんたなの、エフィムなの?

屋敷番の声で、「私です」。

叩かないでいいわよ、旦那さまのお加減がわるいから。

屋敷番の声で、「ただ今、あちらに参ります」。（口笛で犬を呼ぶ）「行くぞ、ジューチカ。さあ、おいで」。

間。

ソーニャ （戻ってきて）ダメですって。

幕

第三幕

セレブリャコフ家の客間。左右と中央に三面の扉。昼間。ワーニャ、ソーニャ(二人は腰を下ろしている)、エレーナ(何か考え事をしながら、舞台を歩きまわっている)。

ワーニャ 教授閣下のご所望によると、本日午後一時にわれわれ全員、この客間に集まれとのことだ。(時計を見る)一時十五分前。先生、何やら世界にしろしめすつもりらしい。

エレーナ きっと、何か大事なことよ。

ワーニャ あの男に大事なことなんかあるもんですか。あの男にできるのは、世迷言《よまいごと》を書き散らし、駄々をこね、やきもちを焼く、ただそれだけ。

ソーニャ　（たしなめる調子で）伯父さんったら！

ワーニャ　はい、はい、分かった、わるかった。（エレーナを指さして）どうだい、見てごらんよ。あの歩き方、暇を持てあまして、しゃなりしゃなりって風情だ。惚れ惚れするなあ！　まったく！

エレーナ　あなたは一日中、うるさい蜂みたいにブンブン、ブンブン——よく飽きもしないこと！（つまらなそうに）私、退屈で死にそう、何をしていいか分からないし。

ソーニャ　（肩をすくめて）仕事がないとでもおっしゃるの？　その気になれば、なんでもあるわ。

エレーナ　たとえば？

ソーニャ　家事に精を出すとか、農民の子供たちに教えるとか、病人の面倒を看《み》るとか。なんでもあるじゃない。ママとパパがここにいらっしゃる前には、あたし、伯父さんと二人でせっせと市場に出かけて、穀物を売りさばいたものよ。

エレーナ　そんなの、私には無理よ……。それに、つまんなそう。農民にものを教えたり病人の世話を焼くなんて、こむずかしい小説のなかだけの話。私みたいな女がいきなり出かけていって看病したり教えたり、できるわけないじゃない。

ソーニャ　そうかしら。どうして、教えに行けないのかしら。やってみれば、慣れるわ。(エレーナを抱きしめる) そんなつまらなそうな顔なんかしないで、ねっ。(笑い出す)

ママがつまらなそうな顔をして、自分の居場所がないというのは勝手だけれど、退屈や怠け癖って、人に感染するのよ。ごらんなさい、伯父さんたら何もしないで、影みたいにママのことを追いかけまわしているし、あたしだって、仕事を放り出して、ママのところに駆け込んでは、おしゃべりばかり。すっかり怠け癖がついちゃって、何もする気がしないの。アーストロフ先生だって、以前はめったにお見えにならなくって、月に一度がせいぜいで、往診をお願いするのもひと苦労だったのに、今では毎日いらっしゃる。ご自分の森やお医者さまの仕事も二の次なのよ。魔女よ、ママは、きっと。

ワーニャ　何を考えあぐねているんです？ (けしかけるように) ねえ、エレーナさん、もっと賢く立ちまわりなさい。あなたの体には魔性の血が流れているんだ、魔性の女になるんですよ。せめて人生に一度、思う存分生きてごらんなさい、水に住む魔物と言われる得体の知れない男だって構いやしない、ぞっこん惚れこんでごらんなさい――深い水底《みなそこ》めざして頭っからザブンとやって、教授先生やぼくたちをあっと言わせてごらんなさい。

エレーナ　（むっとして）放っておいてよ、私のことなんか。あんまりだわ！（出て行こうとする）

ワーニャ　（エレーナを行かせまいとする）まあ、まあ、エレーナさん、そんなにつむじを曲げないで……謝ります。（彼女の手にキスをする）さあ、これで仲直り。

エレーナ　どんな天使だって忍耐にもほどがあるわ、そうじゃなくって。

ワーニャ　仲直りとお詫びのしるしに、バラの花束を持ってきます。今朝方、あなたのために用意しておいたんです……。秋のバラ――えも言われぬ、愁いにみちたバラですよ……。（退場）

ソーニャ　秋のバラ――えも言われぬ、愁いにみちたバラ……。

二人は窓を見る。

エレーナ　そう言えば、もう九月ね。私たち、ここでこのまま冬を過ごすのね。

間。

医者《せんせい》はどちら？

ソーニャ　伯父さんの部屋。何か書き物をなさってる。伯父さんがいなくなって、ちょうどいいわ、お話ししたいことがあるの。

エレーナ　なんのこと？

ソーニャ　なんのことって？（エレーナの胸に頭をあずける）

エレーナ　はは－ん、そうなの、そうなの……。（髪をなでてやる）そうなのね……。

ソーニャ　あたし、美人じゃないでしょ。

エレーナ　でも、すばらしい髪じゃない。

ソーニャ　そうじゃないの！（振り向いて、鏡で自分の姿を見る）そういうことじゃないの！　器量がわるいと、人は言うものよ、「でも、すばらしい目ね、すばらしい髪じゃないの」って。あたし、あの人のことを好きになってもう六年になる。亡くなった母よりずっと好きなの。あたしの耳のなかではしじゅうあの人の声が聞こえているし、手にはあの人に握りしめられた感触が残っている。ドアに目をやると、今にもあの人が入ってらっしゃるんじゃないかとドキドキするの。それでしょっちゅう、ママのところに押しかけては、あの人の話ばかりしてるでしょ。最近あの人は毎日ここにいらっしゃるけど、あたしには目もくれようとしないばかりか、あたしのことなんか目に入らないの……。とっても苦しいの。あたしには、望みが叶う見込みなんてないの、全然ないの。（落胆したようすで）ああ、神様、あたしに力をお与えください……。きのうも夜のあいだずっとお祈りしていた……。しょっちゅうあの人に近づいていっては、自分のほうから話しかけ、目をじっとのぞき込むの……。もう自尊心もなければ、自分を抑える力もないの……。我慢できなくなって、きのうも伯父さんに打ち明けたわ、あの人が好きだって……。姉《ねえ》やだって、ばあやだって、みんな知ってるわ、あたしがあの人のことが好きだってこと。みんな知ってるの。

エレーナ　で、あの人は？

ソーニャ　気づいてない。あたしのことなんか、目に入らないんだもの。

エレーナ　（少し考えて）変な人ね……。どうかしら、私から話してみるのって……。だいじょうぶ、気取《けど》られないようにするわ、ちょっとカマをかけてみるだけ……。

間。

そうよ。いつまでも、何も分からないじゃ、しようがないじゃない。そうしましょう。

ソーニャ、分かったというふうに、うなずく。

それじゃ、きまりね。その気があるかどうか——そんなこと嗅ぎ出すのは雑作《ぞうさ》もないこと。あなたは気をもまなくっていいの、心配しなくていいの——私が慎重に聞き出してみるから。あの人、気づくものですか。私たちは、イエスかノーかをただ知りたいだけ。そうよ、ね？

間。

もしノーなら、ここに来るのをやめてもらいましょう。それでいいわね？

ソーニャ、分かったというふうに、うなずく。

顔を合わせないほうが、ずっと楽よ。そうと決まれば、善は急げ、今すぐ聞いてみましょう。あの人、私に何か図面を見せたいっておっしゃってたわ……。私が図面を拝見したいと言ってるって、そう伝えてきて。

ソーニャ (気持ちを高ぶらせて) あとで包み隠さず話してくださる?

エレーナ ええ、もちろん。思うんだけれど、真実というのは、それがどんなものでも、それほど恐ろしくはないの、いちばん恐ろしいのは、それを知らないでいることよ。私に任せて。

ソーニャ そうね……そうかもしれない……。じゃあ、ママが図面を見たがってるって、話してくる……。(行きかけるが、扉の前で立ち止まって) でも、何も知らないほうがいいのかも……。まだ、望みだけはあるんだし……。

エレーナ 何、どうしたの?

ソーニャ ううん、なんでもない。(退場)

エレーナ (ひとりになって) いちばんわるいのは、他人の秘密を知っていながら、力になれないことよ。(ちょっと考えて) あの人、ソーニャに気がない——それはそう。でも、どうしてあの子と結婚してわるいわけ? たしかに、美人じゃないけれど、こんな片田舎のお医者さんには、それもあの年齢《とし》の男性には、またとないお嫁さんよ。お利口さんだし、気立てはいいし、純真だし……。そうじゃない、私が考えてるのは、そんなことじゃない……。

間。

かわいそうに、あの子のこと、私にはよおく分かる。こんな夢も希望もない侘しい生活だもの。あたりをうろついているのは、人間というよりなんだか冴えない影みたいな連中で、耳にすることといえば下らない低俗なことばかり。ここの人たちって、ただ食べて飲んで寝ることしか頭にないのよ。そんなところに、ほかの連中とは似ても似つかないあの人がやって来るんだもの。いい男だし、話も面白いし、とっても魅力的。まるで闇夜にのぼるお月さまみたいなものよ……。あんな人に口説《くど》かれて、身も心も忘れてしまいたい……。私も、ちょっぴりあの人に気があるみたい。そうよ、あの人が来ないと淋しいし、あの人のことを考えただけで、顔がほころんでくるんだもの……。ワーニャさんが言ってたっけ、私の体には魔性の血が流れてるって。「せめて人生に一度、思う存分生きてごらんなさい」か。どうかしら？　ひょっとすると、そうしたほうがいいのかも……。自由気ままな小鳥のように、こんな人たちや、寝ぼけ面《づら》した人たちや、ここでのおしゃべりから逃げ出したい、この世にこんな人たちが存在するなんてことを、きれいさっぱり忘れてしまいたい……。でも、私って臆病で、引っ込み思案だから……。きっと、気がとがめるにちがいないわ……。今もあの人は毎日ここにいらっしゃるけど、どうしてここにいらっしゃるのか、私薄々察しがついている。それでもう、なんだか自分がわるいことをしているようで、ソーニャの前にひざまずいて、泣いてあやまりたい気になるんだわ。

アーストロフ（地図をかかえて登場）ご機嫌よろしゅう。（握手する）図面をごらんになりたいとか。

エレーナ　昨日、お仕事を見せてくださるとのお話でしたわね……。今、お暇ですの？

アーストロフ　ええ、もちろん。（布を張ったカード・テーブルに地図を広げ、四隅をピンで留める）お生まれはどちらです？

エレーナ（アーストロフの作業を手伝いながら）ペテルブルグです。

アーストロフ　で、学校は？

エレーナ　音楽院。

アーストロフ　それじゃ、おそらく、ご興味はわきませんよ。

エレーナ　どうしてかしら？　たしかに、田舎のことは存じませんが、でも、ずいぶん本は読みましたわ。

アーストロフ　この家には私専用の机がありましてね。ワーニャさんの部屋です。疲れはててぼうっとなると、何もかも放りだして、ここに逃げ込んで、一、二時間こいつに没頭するんです……。ワーニャさんやソーニャさんが算盤《そろばん》をはじいている横で、自分の机に陣取って、色を塗るんです——暖かで、静かで、蟋蟀《こおろぎ》がすだいている。でも、こんな贅沢を自分に許すのはしょっちゅうじゃありません、まあ、月に一度ですね……。（地図を指さして）まず、ここをごらんください。五十年前のこの郡を色分けした地図です。濃い緑や薄緑は森をあらわしています。全体の半分を森が占めています。緑に赤色の網がかかった箇所、ここですね、ここにはヘラジカやヤギが生息していました……。この地図で植物分布や動物分布も分かるようにしてあるんです。この湖には、かつてハクチョウやガチョウ、カモが棲んでいましたし、古老の話ですと、あらゆる種類の鳥たちが無数にいて、空をおう黒雲のように飛びまわっていたそうです。大小の村のほか、ごらんのように、あちこちにいろんな村落や集落、旧教徒[6]の修道院、水車が点在しています……。角《つの》のある動物やウマはたくさんいました。青い色がそれを示しています。たとえば、この郷《ごう》では水色の部分が密集していますね。ここにはいくつものウマの群れがあって、一戸あたり三頭ずついた勘定になります。

間。

今度は、下のほうをごらんください。二十五年前のものです。森におおわれているのは、わずか三分の一です。ヤギはもういませんが、ヘラジカはいます。緑色や水色はもう少なくなっている。以下同様に、どれも同じ傾向にあります。では三つ目の地図、現在の状況に移りましょう。緑の色はまだなんとか残っています

6　一七世紀の半ばロシアではニーコン総主教（一六〇五～一六八一）による宗教改革が起こったが、それに反対し正教会から離れた一派を「分離派（ラスコーリニキ）」あるいは「旧教徒」と呼ぶ。彼らは迫害をのがれるために人里離れた森の中や山の中に移り住んで、その教義を守ろうとした。

が、それほど密集してはいない、そこかしこにあるだけです。ヘラジカもハクチョウもオオライチョウも消滅しました……。前にあった村落や集落、修道院、水車はあとかたもありません。要するに、自然は徐々に、そして確実に衰退しつつある。あと十年か十五年もすれば、すっかり消滅するでしょう。これは文化の影響で、古い生活がおのずと新しい生活に道をゆずったからだ、そうあなたはおっしゃるかもしれない。そりゃあ、私にだって分かります、もし伐採されたこれらの森があった場所に、立派な街道や鉄道が通り、ここに大小の工場や学校が立ち並び、人びとが前より健康になり、裕福になって、聡明になったのならともかく、そんなことはみじんもない！　この郡に存在するのは、相も変わらぬぬかるみであり、蚊であり、悪路であり、貧困であり、チフスであり、ジフテリアであり、火事なのです……。われわれが直面しているのは、生きるために分不相応な戦いをいどんだ結果、招いた衰退なのです。これは、われわれが古くさい考え方から抜け出せないために起きた衰退、無知蒙昧《もうまい》、確固とした信念を持たぬことから来る衰退なのです。寒さとひもじさに苦しむ病人が、なんとか命を長らえようと、はたまたわが子を救うために、矢も盾《たて》もたまらず後先も考えずに、手近のものでも飢えをいやし、体をあたため、明日のことなどつゆ考えずに、手当たり次第に破壊しつくしてしまったのです……。あらかた破壊しつくしておきながら、作り出すことは何もしていないのです。（冷たく）そのようすですと、どうやら面白くなさそうだ。

エレーナ　こういうことって、よく分かりませんので。

アーストロフ　分かるとか分からないじゃなく、たんにあなたに興味がないだけです。

エレーナ　正直に申し上げますとね、ほかのことに気を取られてましたの。実は、あなたにお訊《き》きしたいことがあるんです。でもなんだか気が引けて、どう切り出していいのか分からなくって。

アーストロフ　訊きたいこと？

エレーナ　ええ、お訊きしたいことがあるんです。いえね……他愛《たわい》もないことですの。ま、ここに座りましょう。

両人、腰を下ろす。

実はある若い女性のことですの。お互い正直に、お友だちとして、率直にお話ししましょうね。で、お話が終わったら、このことはなかったことに。よろしくって？
アーストロフ　ええ。
エレーナ　話というのは、うちの娘のソーニャのことですの。あの子のこと、どうお考えですの？
アーストロフ　そりゃあ、立派な方だと敬服しています。
エレーナ　女性としてはどうかしら、お好みじゃなくって？
アーストロフ　（言葉に窮してから）ええ。
エレーナ　あと一つ二つ——それでおしまい。あなた、何もお気づきになりません？
アーストロフ　べつに何も。
エレーナ　（相手の手を取って）あの子に気がおありじゃないのね、それは目を見れば分かりますわ……。あの子、苦しんでますの……。お分かりになりますわね……もうここにはお越しにならないで。
アーストロフ　（立ち上がる）私はもうそんな年齢《とし》じゃない……。それに、そんなことにかまけている時間もない……。（肩をすくめる）どこに、この私にそんな時間があります？　（困惑の面もち）

エレーナ　あーあ、やりきれない話だったわ！　何キロもの荷物を背負って歩いてきたみたいに、もう私くったくた。やれやれ、これでおしまい。何もなかったことにしましょうね、ですから……それじゃ、もうお引き取りになって。あなたは飲み込みの早い方ですから、もうお分かりですよね……。

間。

私、顔がほてってしまったわ。

アーストロフ　この話が二、三カ月前だったら、おそらく私も考えたでしょうが、今となってはね……。（肩をすくめる）ソーニャさんが苦しんでらっしゃるのなら、もちろん、私は……。でもひとつ分からないなあ。どうして、あなたがこんなことを私にお訊きになるんです？（相手の目をのぞきこんで、指を立てて脅す仕草をする）ははーん、あなたはずるい女《ひと》だ！

エレーナ　なんのことかしら？

アーストロフ　（笑いながら）ずるい人だ。百歩ゆずって、ソーニャさんが苦しまれているとして、まあ、その仮定はよしとしましょう。でも、どうしてあなたが問いただしたりするんです？（相手が話すのをさえぎって、まくし立てるように）どうしました、そんなびっくりしたような顔をなさって。あなたはよくご存じのはずだ、どうして私が毎日こちらに伺うのか……。どうして、誰に会いたくってここにやって来るのか、あなたはよくご存じだ。あなたは魔物だ、かわいい顔をした魔物だ。そんなふうに私を見つめるのは、およしなさい。私はそんなうぶな男じゃありませんよ。

エレーナ　（意味が分からないようすで）魔物ですって？　なんのこと、全然分からないわ。

アーストロフ　きれいな顔をした、妖艶な魔物だ……。あなたのような魔物には犠牲者が必要なんだ。ごらんのとおり、私は丸一カ月、何も手につかず、何もかもほっぽり出して、あなたを血眼になって追いかけまわしてる——あなたは、たいそうそれがお気に召しているんだ、たいそうね……。さあ、どうすればいいんです？　降参です、わざわざ訊き出さなくったって、あなたはご存じのはずだ。（腕組みをし、首を差し出して）参りました。さっ、どうぞお好きなように！

エレーナ　なんのまねです！

アーストロフ　（含み笑いをして）ずいぶん遠慮ぶかいんだなあ……。

エレーナ　私、あなたが考えてらっしゃるような、ふしだらな女じゃありません！
私、誓ってそんな女じゃ！（立ち去ろうとする）

アーストロフ　（行く手をさえぎって）私は今日ここを引き上げ、もう二度と顔を出しません、でも……。（相手の腕をつかみ、あたりをうかがう）どこでお会いしましょう？　さあ、どこです？　人が入って来るかもしれない、早くおっしゃい。（情熱をこめて）なんて美しい、あでやかな女《ひと》だ……。キスしていいですか、一度だけ……。あなたの香《かぐわ》しい髪にちょっとキスするだけです……。

エレーナ　私、誓ってそんな女じゃ……。

アーストロフ　（相手の話をさえぎって）なんだって誓ったりするんです？　誓うことなんかありません。余計な言葉はいらない……。ああ、美しい女《ひと》だ！　このきれいな手！（手にキスをする）

エレーナ　もう、たくさん……。向こうにいらして……。（手をひきはなす）あんまりよ。

アーストロフ　さあ、早くおっしゃい、明日どこで会うか。（エレーナの腰を抱き寄せる）いいですか、これは避けがたい運命なのです、ぼくらは会わざるをえないんだ。（エレーナにキスする。このときバラの花束を抱えたワーニャが登場、ドア口で立ち止まる）

エレーナ　（ワーニャが目に入らず）お願い……およしになって……。（アーストロフの胸に頭をあずけて）いけません！（立ち去ろうとする）

アーストロフ　（エレーナの腰にまわした手を放そうとせず）明日《あす》、営林署にいらっしゃい……二時ごろ……いいですね？　いいですね？　いらっしゃいますね？

エレーナ　（ワーニャに気づいて）放してちょうだい！（動転して窓辺に下がる）あんまりよ。

ワーニャ　（椅子の上に花束を置く。慌てふためいて、顔や首筋をハンカチでぬぐう）なんでもない……いや……なんでもない……。

アーストロフ　（ふてくされて）ああ、ワーニャ先生、今日はお日柄もよろしいようで。朝方はどんよりしていて、ひと雨きそうな気配だったが、いまは日も差してきた。まったくもって、すばらしい秋ですな……それに、秋蒔《ま》きの作物も上々。（図面を筒状に丸める）ただ、そのなんだ、日が短くなりましたな……。（退場）

エレーナ　（足早にワーニャに歩み寄って）お願い、なんとか手を打って、私と主人を今日中にここから発《た》たせてちょうだい。聞いてらっしゃるの？　今日中によ！

ワーニャ　（顔をぬぐいながら）えっ？　ああ、そう……分かった……。ぼ、ぼくは、エレーヌ、見ちゃった、全部、何もかも……。

エレーナ　（じれったそうに）いいわね？　私、今日ここを発つのよ！

セレブリャコフ、ソーニャ、テレーギン、マリーナ登場。

テレーギン　閣下、私も、何だか体の調子がいまひとつでして。もう二日、気分がすぐれません。頭が、その、なんというか……。

セレブリャコフ　ほかの連中はどこです？　好かんね、この家は。迷路じゃあるまいし。バカでかい部屋が二十六もあって、みんなが勝手にしけこんだ日には、誰ひとり見つけ出せやしない。（鈴を鳴らす）お義母《かあ》さんとエレーナをここに呼んでくれたまえ。

エレーナ　私なら、ここにいます。

セレブリャコフ　どうぞ、みなさん、お掛けください。

ソーニャ （エレーナに歩み寄りながら、じれったいようすで）なんとおっしゃったの、あの人？

エレーナ あとで。

ソーニャ どうしたの、ふるえてらっしゃるの？　何か気になるの？（問いただすようにエレーナの目をのぞきこむ）あたし、分かった……。あの人、もうここには来ないのね……そうでしょう？

間。

ねえ、そうなのね？

エレーナ、そうだとうなずく。

セレブリャコフ （テレーギンに）病気なんてものは、なんのかの言ったって、なんとか折り合いをつけることができるが、どうにもなじめないのが、この田舎暮らしだ。まるで自分が地球からどこぞの惑星にほっぽり出されたような気分だよ。お座りください、どうぞ、みなさん。ソーニャ！

ソーニャはセレブリャコフの言葉が耳に入らず、うなだれて立っている。

ソーニャ　間。

マリーナ　聞こえておらん。（マリーナに）さあ、ばあやさん、あんたも、お掛けなさい。

マリーナ、座って靴下を編む。

どうぞ、みなさん。どうぞ、俗に言う耳の穴をかっぽじって、よくお聞き願いたい。（ひとりで受けて笑う）

ワーニャ　（そわそわして）ひょっとしたら、ぼくはいなくていいんじゃないかな？行ってもいいかな？

セレブリャコフ　何を言うんだ、君こそ、ここにいてもらわなくちゃ困る人だ。

ワーニャ　いったい、ぼくに何の用があるんです？

セレブリャコフ　何の用……君は何を怒ってるんだね？

間。

もし私に何か非があったら、どうかお許し願いたい。

ワーニャ　そういう持ってまわった言い方はやめてもらいたいな。ずばり本題に入りましょうや……。で、どんな用です？

マリヤ・ワシーリエヴナ登場。

セレブリャコフ　ちょうど母上もお見えになった。では、はじめることにしましょう。

間。

みなさんをお呼びたてしたのはほかでもありません、きわめて不愉快なお知らせをお伝えするためです、なんとここに査察官が乗りこんで来るんだとか。まあ、冗談はさておき。まじめな話です。みなさんにお集まりいただいたのは、みなさんからお力添えとご意見を賜りたいためです。日ごろのご交誼《こうぎ》からして、必ずやそうして頂けるものと確信しております。私は書物相手の学者ですから、世事には至ってうとい。世慣れたみなさんのご協力がなければ、到底やっていけるものではありません。そこでワーニャ君、テレーギンさん、それに母上にもご足労を願ったわけです……。問題は、「マネット・オムネス・ウナ・ノクス」[7]、つまり、われわれはみな神の御心《みこころ》の僕《しもべ》であって、誰しも最後の夜を迎えるわけであります。私は年老いた病気持ちの身でもあり、ことは私の家族にもかかわることでもありますので、今のうちから自分の財産方面を整理しておくことが必要であろうと考えるのです。私はすでに人生を終えた人間であって、自分のことをあれこれ考えることはありませんが、若い妻とまだ嫁入り前の娘をかかえている。

間。

このまま田舎暮らしを続けることは、私には不可能です。私たちは田舎暮らしには慣れていない。かと言って、町で暮らすには、この領地からの利益《あがり》では、これ

7　チェーホフの原文では〈manet omnes una nox.〉だが、原典の古代ローマの詩人ホラティウス（前六五〜前八）の『頌歌』では、〈omnes una manet nox.〉と多少語順が異なっている。いずれにしても、「私たちすべてを同じ夜が待つ」の意。

また到底無理な相談です。たとえば、森を売るとしても、これは緊急避難的な措置であって、毎年同じ手を使うことはできない。恒常的にある程度一定の所得を確保する——そんな手立てを講じることが必要です。そこで、私は一つの方策を考えつきました。それをみなさんに提案し、ご検討いただきたいと考えるのです。詳細は省いて、かいつまんで要点を申しますと、ここの土地の利潤はざっと見積もって二パーセントにも達しない。私は、ここを売却してはどうかと思うのです。その金を有価証券に替えれば、四パーセントから五パーセントの利益が得られる。それだけではなく、さらに数千ルーブルの黒字が出るでしょうから、それでフィンランドあたりに、ちょっとした別荘を買うことができるだろうと考えるのです。

ワーニャ　ちょっと待った……。ぼくの聞き違いかもしれん。今のところをもう一度聞かせてくれ。

セレブリャコフ　金を有価証券に替え、余った金でフィンランドに別荘を買う。

ワーニャ　フィンランドのことじゃない……。まだほかのことを言ったはずだ。

セレブリャコフ　ここの土地を売却する。

ワーニャ　そうだ、それだ。ここの土地を売却するだと、恐れ入ったね、たいした妙案だ……。じゃあ、このぼくや、この年老いた母親や、ソーニャはどこに行けと言うんだ。

セレブリャコフ　その件についてはまた改めて。何もかも一挙にとはいかない。

ワーニャ　ちょっと待った。どうやら、ぼくは今まで常識のかけらもなかったらしい。今の今まで、ぼくは愚かにも、てっきりこの土地はソーニャのものだと思い込んでいた。うちの死んだ親父は、ぼくの妹のためにここの土地を持参金代わりに買ったんだ。これまでぼくは世間知らずにも、法律のほの字も知らず、土地の所有権はてっきり妹からソーニャに移ったものだと考えていた。

セレブリャコフ　もちろん、土地はソーニャのものだ。誰もそのことをとやかく言ってやしない。ソーニャの承諾なしに、私は土地を売る気はない。それに私は、ソーニャのためにもよかれと思って、この提案をしているのだ。

ワーニャ　そんな道理があるものか、べらぼうめ。ぼくが気が狂ったのか、それとも……いや、あるいは……。

マリヤ・ワシーリエヴナ　ジャン、教授にさからうんじゃありません。信用なさい、この人のほうが、何がよくってわるいのか、私たちよりよくご存じなんだから。

ワーニャ　いや、分からん、水をくれ。（水を飲む）みんな、勝手にほざくがいいや。

セレブリャコフ　どうして君がそんなに興奮するのか、私には分からん。私はなにもこの案が最良だと言っているわけじゃない。みなさんがダメだと言われるなら、私はそれに固執するつもりはないんだ。

間。

テレーギン（困ったようすで）閣下、私は学問にたいして尊敬の念ばかりか、親しみすらおぼえております。私の兄グリゴーリー・イリイチの家内の弟のことは、ひょっとしてお聞き及びかもしれませんが、コンスタンチン・トロフィーモヴィチ・ラケデモノフと申しまして、学士でもありまして……。

ワーニャ　やめろ、ワッフル、今大事な話をしてるんだ……。その話はあとだ……。（セレブリャコフに）ほら、この男に聞いてみるがいい。ここの土地はこいつの伯父貴から買ったんだ。

セレブリャコフ　やれやれ、どうしてそんなことを聞かねばならんのだ？　なんのために？

ワーニャ　ここの土地は当時の金額で九万五千ルーブルで買い受けた。親父が払ったのは七万だけで、二万五千は借金に残った。みんなも、この際よく聞いておけ……心底愛していた妹のためにぼくが遺産相続を放棄しなかったら、この土地は買えていなかったんだ。それどころか十年間馬車馬のように働いて、ぼくが借金を全部払い終えたんだ。

セレブリャコフ　こんな話を始めるんじゃなかった。

ワーニャ　この土地が借金からきれいさっぱり身ぎれいになって、実入りを上げるようになったのも、もとはと言えば、ぼくがひとり骨折ってきたからだ。それなのに、ぼくが老境に差しかかった矢先に、哀れ、ぼくはお払い箱というわけか！

セレブリャコフ　さっぱり分からん、何が言いたいんだね。

ワーニャ　二十五年ものあいだぼくは律儀な使用人よろしく、ここの土地を管理し、せっせと働き、あんたに送金してきた。それだというのに、一度だってあんたから、ありがとうのひと言も聞いたことがない。この間ずっと、若いときも今も、あんたからもらったのは年五百ルーブルという給料だけだ、なんだこんな端《はした》金《がね》！　あんたは一度だって、一ルーブルでも上乗せしてやろうとは考えなかった。

セレブリャコフ　ワーニャ君、そんなこと、どうして私に分かるかね？　私は実務的な人間ではないから、そんなことは分からんのだ。君は好きなだけ取ってくれればよかったんだ。

ワーニャ　どうしてぼくは、こっそり金をくすねてやらなかったんだろう？　どうしてお前たちも、猫ばばひとつできないぼくを見て、バカなやつだと笑わないんだ？　金なんかくすねてやればよかったんだ、そうすりゃ、ぼくだってこれほど落ちぶれはしなかった。

マリヤ・ワシーリエヴナ　（きつい調子で）ジャン！

テレーギン　（どぎまぎして）まあ、まあ、ワーニャ、もういいよ、もういいよ……。体のふるえが止まらないよ……。どうして、昔のよしみを壊そうとするんだね？

（ワーニャにキスする）もういいったら。

ワーニャ　二十五年ものあいだ、お袋とモグラみたいにこの家んなかに閉じ込められてきたんだ……。考えることも感じることも、みんな君のことだった……。昼間は君や君の仕事のことを話題にし、君を誇りに思い、うやうやしく君の名前を唱えたものだ。夜になると、君が書いた雑誌や本を読んだものだ。今なら、そんなもの、犬にでもくれてやらあ！

テレーギン　もういいよ、ワーニャ、およしよ……。聞いちゃいられないよ……。

セレブリャコフ　（怒って）分からん、どうしろと言うのだ？

ワーニャ　ぼくらにとって君は雲の上の存在だった、君の論文は空《そら》でおぼえていたもんだ……。だが、ようやく目が覚めた！　なにもかもお見通しだ！　芸術についてしゃらくさいことを書いちゃいるが、君に芸術のことなんか分かるもんか！　これまでぼくが後生大事にあがめてきた君の研究なんて、一文の価値もありゃしない！　われわれをたぶらかしてきたんだ、貴様は！

セレブリャコフ　みなさん！　おとなしくさせてください、この男を！　失敬する！

エレーナ　ワーニャさん、お黙りになって！　いいわね？

ワーニャ　黙るもんか！（セレブリャコフの行く手をさえぎる）待った、まだ終わっちゃいない！　貴様はぼくの人生を踏みにじったんだ！　ぼくには人生なんてなかった！　貴様のせいで、ぼくは自分の人生の華の歳月を無駄にし、台なしにしてしまったんだ！　貴様は、ぼくの敵《かたき》だ、憎《に》っくき敵だ！

テレーギン　いたたまれない……いたたまれないよ……私は失礼するよ……。（ひど

く興奮の面もちで退場）

セレブリャコフ　君は私にどうしろと言うのだ？　それに、私にたいして、その口のきき方はなんだ？　このバカ者！　ここの土地が君のものなら、好きにすればいい、私はいらん！

エレーナ　私、今すぐ出ていく、こんなの地獄よ！（大声を張りあげて）もう耐えられない！

ワーニャ　泡と消えた人生！　ぼくだって才能もあれば、頭もある、度胸だってあるんだ……。まともに人生を送っていれば、ショーペンハウエルにだってドストエフスキーにだってなれたんだ……。戯言《たわごと》はもうたくさんだ！　ああ、気が狂いそうだ……。母さん、ぼくはもうダメです、ダメだ！

マリヤ・ワシーリエヴナ　（きつい口調で）教授の言うとおりになさい！

ソーニャ　（乳母の前にがっくり膝を落として、彼女にすがりつく）ばあや！　ばあや！

ワーニャ　母さん！　ぼくはどうすりゃいいんです？　いや、いい、言わなくっていい。どうすりゃいいのか、いちばんぼくが分かってる。（セレブリャコフに）いいか、今に思い知らせてやる！（中央のドアから退場）

マリヤ・ワシーリエヴナ、彼のあとについていく。

セレブリャコフ　いったい全体、これはどうしたことだ？　あの狂った男を私から遠ざけてもらいたい。あの男と一つ屋根の下で暮らすなんて、私にはできん。あんな男がつい目と鼻の先で、（と中央のドアを指さす）寝起きをしてるんですぞ……。あの男をどこかの村か屋敷の離れに移すか、そうでないなら私がここから出ていく。ともかく、あんな男と同じ家にはいられない。

エレーナ　（夫に）今日ここを発ちましょう！　すぐに支度しましょう。

セレブリャコフ　じつにつまらん男だ！

ソーニャ　（ひざまずいたまま、父親のほうに向き直って。苛立った涙声で）パパ、もっと思いやる気持ちをお持ちになって！　あたしも伯父さんも、とっても不幸なの！（泣きそうになるのをこらえて）もっといたわってあげて！　パパがまだ若かったころ、伯父さんやお祖母《ばあ》さまは毎晩のように、パパのために本を訳したり、パパの原稿を清書してくださったじゃないの、毎晩のようによ！　あたしと伯父さんは、息をつく間もなく働いて、自分には一切お金をかけず、全部パパに仕送りしてきたわ……。あたしたち、できる限りのことはしたつもりよ！　そんなことじゃない、あたしが言おうとしてるのは、そんなことじゃない。でも、パパ、パパはお分かりになるはずよ。いたわってあげて！

エレーナ　（心を動かされて、夫に）あなた、後生ですから、ワーニャさんとお話しになって……お願い。

セレブリャコフ　分かった、話してみよう……。私はあの男を責めようとは思わないし、腹を立ててもいない。だが、どう見たって、あの男の行動はおかしい。失礼して、彼のところに行ってくる。（中央のドアから退場）

エレーナ　なるべくやさしくね……なだめるのよ……。（セレブリャコフのあとについていく）

ソーニャ　（乳母にしがみついて）ばあや！　ばあや！

マリーナ　なんでもありません。鵞鳥《がちょう》がガーガー騒いでいるだけで、そのうち収まります……ガーガーやって、それで収まりますよ……。

ソーニャ　ばあや！

マリーナ　（ソーニャの頭を撫でて）熱にうかされたみたいに、震えてなさる！　さあ、さあ、心配しなさんな、神様はおやさしいですから。菩提樹のお茶かエゾイチゴでもお召し上がりになれば、それも治まりますよ……。（中央のドアに目をやって、忌々しそうに）ほうら、おっぱじまった、罰当たりな鵞鳥だ！

舞台裏で銃声。エレーナの悲鳴が聞こえる。ソーニャ、ぎくりと身震いする。

罰当たりなまねなんかして！

セレブリャコフ　（驚いてよろけながら、駆け込んでくる）あの男、押さえてくれ！　押さえるんだ！　ありゃ、正気じゃない！

エレーナとワーニャ、戸口で押し合う。

エレーナ　（ワーニャから拳銃を取り上げようと悪戦苦闘しながら）およこしなさい！　さあ、およこしなさいったら！

ワーニャ　放せっ、エレーヌ！　いいから、放せっ！（身を振りほどいて、駆け込んできて、セレブリャコフを目で探す）どこだ、やつは？　ほうら、いた！（セレブリャコフを狙って撃つ）バン！

間。

外したか? また、しくじったのか⁉ (ひどい剣幕で) 畜生……ええい、畜生め……。(拳銃を床に投げつけると、ぐったりして椅子にへたり込む。セレブリャコフは腰を抜かし、エレーナは壁に寄りかかって、生きた心地もしない)

エレーナ 私をここから連れ出して! 連れ出してちょうだい。もうダメ、こんなとこにいるの、もういやっ!

ワーニャ (茫然《ぼうぜん》と) いったいどうしたんだ、俺は! 何をしてるんだ!

ソーニャ (消え入るような声で) ばあや! ばあや!

幕

第四幕

ワーニャの部屋。ここは彼の寝室で、領地の事務所を兼ねている。窓際に出納《すいとう》帳やいろんな書類の載った大きな机、小さめの事務机、棚、秤《はかり》がある。アーストロフ用の小さめの机。この机には作図用の道具類、絵具。そのわきに書類ばさみ。ムクドリを入れた鳥カゴ。壁には、ここの誰にも必要がなさそうなアフリカの地図。油布を張った大きな長椅子。左手に寝室に通じるドア、右手には物置に通じるドア。右手ドアの前に、出入りの農民たちに部屋を汚されないように靴ふきマットが置かれている。秋の夕べ。物音ひとつしない静けさ。

テレーギンとマリーナ、向かい合って腰かけ、靴下の毛糸を巻き取っている。

テレーギン　マリーナさん、もう少し急いで、すぐにもお別れのお呼びがかかるよ。

今しがた馬の用意をするようにという話だったから。

マリーナ　（急いで毛糸を巻き取ろうとする）あと少しですよ。

テレーギン　ハリコフにお発ちになるんだ。向こうでお暮らしになるそうだ。

マリーナ　それでいいんですよ。

テレーギン　肝を潰《つぶ》されたんだね……。エレーナさんは、「一時間だって、もうこんなところにはいられません……発ちましょう、発ちましょう……」の一点ばりで、「ハリコフに住んで落ち着いたら、荷物を取りにやらせればいいから……」とおっしゃったそうだ。取るものも取りあえず、お発ちになるわけだ。ここでは暮らせない運命だったってことだね。そういう定めだったんだね……。そういう因果なんだね。

マリーナ　それでいいんですよ。悶着《もんちゃく》起こして、ドンパチ騒ぎ——滅相もない！

テレーギン　まさにアイヴァゾフスキー[8]が好んで描きそうな画材だね。

マリーナ　くわばら、くわばら。

間。

これでまた、先《せん》のとおりの生活ですよ。朝の八時にお茶をいただいて、一時にお昼、夜になれば、食卓について夕飯をいただく。何もかも、余所様《よそさま》と同じように、仕来《しきた》りどおり、キリスト教徒らしく。（ふっと溜息をついて）そう言えば、あたし、ずいぶん長いあいだ、麺のラプシャを口にしてませんねえ……。

テレーギン　そうだね、うちでも麺を打ってないな。

間。

打たないでずいぶんになるなあ……。マリーナさん、今朝方、村を歩いてるとね、店の小僧がうしろから、「こら、居候《いそうろう》野郎！」と罵声《ばせい》をあびせてくるんだ。私しゃ、悲しくなったよ。

マリーナ　言わせておけばいいですよ。あたしたちは、みんな神様の居候なんですか

8　イワン・アイヴァゾフスキー（一八一七～一九〇〇）はロシアを代表する風景画家。なかでも海をテーマにした作品を数多く残し、ウィンズロー・ホーマー（一八三六～一九一〇）とならぶ海洋画家として知られる。「第九の波濤」「月あかりの海と難破船」などドラマティックな作品が有名。

ら。あなたも、ソーニャさんも、ワーニャさんも、何もしないでぶらぶらしている人なんか誰もいやしません、みんな苦労なさってます！　誰だってね……。ところで、ソーニャさんはどこです？

テレーギン　庭だよ。医者《せんせい》とワーニャさんを探してるんだ。自殺しやしないかと、心配なさってるんだ。

マリーナ　それで、ピストルは？

テレーギン　（小声で）私が酒蔵に隠しておいたよ。

マリーナ　（小馬鹿にしたように）ほんと罰当たりな！

ワーニャとアーストロフ、登場。

ワーニャ　ぼくに構うな。（マリーナとテレーギンに）席を外してくれ、一時間ばかりひとりにさせてくれ。こう見張られたんじゃ、たまらん。

テレーギン　分かったよ、ワーニャ。（こそこそと退場）

マリーナ　鵞鳥がガーガー。（毛糸を片づけて、退場）

ワーニャ　ぼくに構うな！

アーストロフ　こちらもそうしたいのは山々だ。ぼくもとっくに帰らなくちゃならん身なんでね。だが、もう一度言うが、君がぼくの鞄から取ったものを返してくれるまでは、帰らんからな。
ワーニャ　何も取っちゃいないよ。
アーストロフ　まじめに言うが、手を焼かせるな。ぼくは帰らなくちゃならないんだ。
ワーニャ　何も取ってないったら。
　両人、腰を下ろす。
アーストロフ　そうかな？　それなら、もう少し待たせてもらおう。でも、そのあとはわるいが、少々荒っぽい手を使わせてもらうぞ。縛り上げて、くまなく探させてもらう。冗談で言ってるんじゃないぞ。
ワーニャ　どうぞご勝手に。
　間。
それにしてもヘマをやったもんだ。二度撃ったのに、一発も当たりゃしない。そんなドジが自分でも許せない。

アーストロフ　今度撃ちたくなったら、自分の額をぶち抜くことだな。

ワーニャ　（肩をすくめて）おかしな話じゃないか。人を殺そうとしたのに、ぼくは捕まえられもしなければ、裁判に引っぱり出されるわけでもない。つまり、ぼくは正気じゃないというわけだ。（毒々しい笑い）ぼくは気がふれた男で、教授の仮面を被《かぶ》って学者面したペテン師野郎が、おのれの無能や愚鈍さやそのおぞましい非情さを隠していても、正気でまっとうな人間だというんだからな。年寄りに嫁いで、その後大っぴらに夫を裏切るような女《ひと》のほうがまともとはね。ぼくは見たんだ、この目で。君があの女を抱きすくめてたのをな。

アーストロフ　ああ、抱きすくめましたとも、お気の毒さま。（鼻の先で手をひらひらさせて、相手を小馬鹿にする）

ワーニャ　（ドアのほうに目をやって）いや、気が狂ってるのは、君らを生かしている地球のほうだ。

アーストロフ　バカも休み休み言え。

ワーニャ　なに、ぼくが正気じゃなくて責任能力がないなら、何を言ったってかまわんだろう。

アーストロフ　聞き飽きた冗談だな。君は狂ってなんかいない、ただ連中とちがうだけだ。ただの道化だ。以前ぼくは変人というのは一種の病気、アブノーマルだと考えていたが、今じゃちがう、正常な人間こそ変人なんだよ。君はまったくもって正常だ。

ワーニャ　（顔を両手でおおって）ああ、面目ない！　どんなにぼくが恥ずかしいか、君には分かるまい。この激しい羞恥心《しゅうちしん》は、どんな痛みにも勝る。（しんみりと）耐えられない！（テーブルに手をついて）どうすりゃいいんだ？　ぼくは、どうすりゃいいんだ？

アーストロフ　さあね。

ワーニャ　なんとかしてくれよ！　ああ、神様……。ぼくは四十七だ。六十まで生きるとして、まだ十三年ある。長いなあ！　この十三年をどう生きればいいんだ？　何をして、何でこの歳月を埋めればいいんだ？　君にも分かるだろう……。（いきなりアーストロフの手を握りしめて）分かるよね、残りの人生を新たに生き直せたらなあ。晴れやかでおだやかな朝に目を覚まし、自分はもう一度人生を新たにはじめるんだと感じられたらなあ。これまであったことはすべて忘れ、煙のように消し飛んでしまった――そんなふうに感じられたらなあ。（さめざめと泣く）新しく生活をはじめる……。教えてくれ、どうはじめたらいいのか……何からはじめればいいのか……。

アーストロフ　（吐き捨てるように）何を今さら！　新しい生活なんてあるものか！　ぼくらの状況は、君のもぼくのも、なんの望みもない。

ワーニャ　そう思うのか？

アーストロフ　確信しているね、ぼくは。

ワーニャ　なんとかしてくれよ……。（心臓のあたりを指して）ここが、焼けるように痛いんだ。

アーストロフ　（怒気をはらんだ声で）いい加減にしろ！　（語気をやわらげて）百年後、二百年後に生きる人たちなら、愚かで無粋な生活しか送れなかったわれわれを見下すことができるような人たちなら、仕合わせになるなんらかの手立てを見つけ出すかもしれんが、われわれではなあ……。ぼくとか君がいだきうる希望はひとつしかない。それは、ぼくらが棺《ひつぎ》のなかに横たわったときに、ぼくらの枕元に幻影が、ひょっとすると心なごむ幻影が訪れてくれることだ。（溜息をついて）それしかないね。この郡にはまっとうで知的な人間は、ぼくと君の二人しかいなかった。ところが、十年のうちにぼくらは、軽蔑していた俗世間という生活に飲み込まれてしまったのさ。俗世間の病魔がぼくらの血を腐らせ、ぼくらもまわりの連中同様、くだらん人間に成り下がってしまったのさ。（気を取り直して）君につられて、本題からそれるところだった。ぼくの鞄から取ったものを返したまえ。

ワーニャ　ぼくは何も取っちゃいない。

間。

アーストロフ　君はぼくの往診鞄からモルヒネの瓶を盗んだ。

いいか、どうしても自殺したいなら、森のなかにでも行って、そこでズドンとやればいい。だが、モルヒネは返してもらおう。さもないと、へんな噂や憶測が流れて、ぼくが手引きしたなんて言われかねないからな。君の死体解剖なんかさせられた日にゃ、はた迷惑な話さ。君だって、面白いとは思わんだろう？

ソーニャ、登場。

ワーニャ ほっといてくれ。

アーストロフ （ソーニャに）ソーニャさん、伯父さんがぼくの往診鞄からモルヒネの瓶を失敬して、返してくださらんのです。バカげたまねはやめるよう、言ってくださいい。それに、ぼくはこんなことにかかずらっている暇はないんです。早く帰らないとね。

ソーニャ 伯父さん、取ったの、モルヒネ？

間。

アーストロフ 伯父さんが取られたんです。まちがいない。

ソーニャ お出しなさい。どうしてあたしたちを心配させるの？（やさしく）ねっ、出して、伯父さん。ひょっとすると、あたし、伯父さんよりずっと不幸かもしれない。でも、あたし、自棄《やけ》なんかおこさないわ。耐えて、命が自然に最期を迎えるまで耐え抜くつもり……。だから、伯父さんも、辛抱して。

間。

ねっ、返して。（ワーニャの両の手にキスする）あたしの大切な、かけがえのない伯父さん、ねっ、返して。（涙を流す）分かってくれるわね、あたしたちのことを考えて、ねっ、返して。辛抱して、伯父さん！　辛抱して！

ワーニャ　（引き出しから瓶を取り出して、アーストロフに渡す）さあ、持ってけ！（ソーニャに）それにしても、早く仕事に取りかからなくては、早く何かしなくちゃ、いたたまれない……。

ソーニャ　ええ、分かったわ、お仕事をしましょうね。あの人たちを送ったら、腰を落ち着けて、仕事にかかりましょう……。（そそくさと机の上の書類を選《よ》り分ける）これじゃ何がなんだか分からないわね。

アーストロフ　（瓶を鞄に戻し、ベルトを締める）さあ、これで発てます。

エレーナ　（入ってきて）ワーニャさん、いらっしゃる？　私たち、今から発ちます……。主人のところに来ていただけます？　お話ししたいことがあるそうです。

ソーニャ　行ってらして、伯父さん。（ワーニャの腕を取って）行きましょ。パパも伯父さんも、仲直りしなくっちゃ。そうしなくっちゃダメ。

ソーニャとワーニャ、退場。

エレーナ　これから発ちますわ。（手を差し出す）お別れですわね。
アーストロフ　もう？
エレーナ　馬の用意もできました。
アーストロフ　さようなら。
エレーナ　あなたも今日お発ちになるって、お約束ですよね。
アーストロフ　分かってます。すぐに引き上げます。

間。

驚かれたんですか？（相手の手を取って）そんなに恐ろしいですか？
エレーナ　ええ。
アーストロフ　もう少しお残りなさい。ねっ？　明日、営林署で……。
エレーナ　ダメ……。もう決めました……。出発するって決まったら、あなたの顔も、もうこんなにまじまじ見ることができますわ……。ひとつだけお願いがありますの、どうか私のことを悪くお思いにならないで。私、そんな女じゃありません。

アーストロフ　残念だな！（じれったそうな仕草）お残りなさいよ。どうせこの世には、あなたがしなくちゃならん仕事なんてありませんよ。あなたには生きる目的も、あなたの関心をひくものもないんだ。おそかれ早かれ、あなたは情にほだされることになるんです――それが避けがたい運命なんだ。それならいっそのこと、ハリコフやクルスクくんだりに出かけるより、ここの自然のふところに抱かれてのほうがいいじゃないですか……。少なくとも詩的だし、なんといっても美しい……。ここには営林署もあれば、トゥルゲーネフ好みのうらぶれた屋敷もある……。

エレーナ　おかしな方、あなたって……。言うことはいちいち頭にカチンと来るけれど、でも……きっと、私、あなたのこと懐かしく思い出しますわ。あなたって、面白くって、自分勝手なんですもの。私たち、もう二度とお会いすることはありませんわね。だから……隠したってしょうがない。私、少しあなたにお熱だったの。それじゃあ、握手してお友だちとしてお別れしましょう。私のこと、悪くお思いにならないで。

アーストロフ（握手する）それなら、お発ちなさい……。（ちょっと考えて）あなたは素直で誠実そうな人だけれど、でもやっぱり、あなたの存在自体には妙なところがある。あなたがご主人とこちらに見えてから、これまで曲がりなりにも物をこさえたり、あくせく立ち働いていた連中も仕事を放りだし、この夏はご主人の痛風やあなたに振りまわされっぱなしだった。あなたとご主人のお二人は、みんなに怠け癖を伝染させたのです。ぼくだってあなたにのぼせて、まるひと月何もしちゃいません。その間病人は増え、ぼくの森や若木の森では百姓たちが好き勝手に牛や馬に草を食《は》ませるありさまだ……。こんな調子で、あなたとご主人は行く先々で人を腑抜けにさせる……。もちろん、これは冗談ですが、でもやっぱり、……何かおかしい。もしあなた方がここにお残りになれば、そこかしこで生活に重大な穴があく。ぼくだって破滅しかねないし、あなた方にとってもろくなことはない……。じゃあ、お発ちなさい。「フィニータ・ラ・コメディア」、喜劇は終わりだ！

エレーナ（アーストロフの机から鉛筆を取ると、すばやくそれを隠す）この鉛筆、記念にいただくわ。

アーストロフ　妙なものですなあ……。せっかく知り合いになったのに、いきなりどうしたわけか……もう会えないなんて。とかくこの世はそうしたものです……。誰もいないうちに、ワーニャさんが花束を持って入ってこないうちに、お願いです、一度だけ……キスさせてください……お別れに……いいでしょ？（頰にキスする）さあ、これで……もう思い残すことはない。

エレーナ　お元気でね。（あたりをうかがって）なに構わない、一生に一度だもの！（いきなりアーストロフに抱きつき、すぐさま二人は身を離す）行かなくては。

アーストロフ　早くいらっしゃい。馬の支度ができたら出発です。

エレーナ　みなさん、こちらに来るようだわ。

二人、耳を傾ける。

アーストロフ　「フィニータ」、では、これで！

セレブリャコフ、ワーニャ、本を抱えたマリヤ・ワシーリエヴナ、テレーギン、ソーニャ登場。

セレブリャコフ　（ワーニャに）昔のことは水に流そう。あの一件のあと、この数時間、私はあれこれ思い直し、考え改めることも多々あって、今ではのちのちの子孫への教訓として、人生いかに生きるべきか、大論文が書けそうなくらいです。私は喜んで君の詫びを受け入れ、こちらからも許しを乞いたいと思う。それでは、お別れです！（ワーニャと三度キスをする）

ワーニャ　これからも君には、以前と同じだけきちんと仕送りするからね。万事、昔どおりだ。

エレーナ、ソーニャを抱きしめる。

セレブリャコフ　（マリヤ・ワシーリエヴナの手にキスをして）お元気で……。

マリヤ・ワシーリエヴナ　（セレブリャコフにキスする）アレクサンドル、写真を撮ったら、また送ってくださいね。あなたは、私の宝ですから。

テレーギン　失礼致します、閣下。わたくしどものことを、どうかお忘れなく。

セレブリャコフ　（娘にキスして）それでは……みなさん、失礼します！（アーストロフに手を差し出して）ご交誼に感謝します……。私はつねづね、みなさんのものの考え方や関心事、その熱意を高く評価していますが、お別れに際して、老人からひと言ご忠告申し上げることをお許し願いたい。みなさん、大切なのは、仕事をすることです。仕事をしなくてはなりませんぞ。（一同に礼をする）では、お元気で。（退場。マリヤ・ワシーリエヴナとソーニャ、彼のあとからついていく）

ワーニャ　（エレーナの手に強くキスをする）じゃあ、お元気で……。厭な思いをさせてわるかった……。もうお会いすることはないでしょう。

エレーナ　（こみ上げる思いに）これでお別れね。（ワーニャの髪にキスをして退場）

アーストロフ　（テレーギンに）ワッフル、ぼくにも馬を出すように伝えてくれ。

テレーギン　ああ、いいとも。（退場）

アーストロフとワーニャだけになる。

アーストロフ　（机の上の絵具を片づけて、鞄にしまい込む）どうした、見送らないのか？

ワーニャ　ああ、勝手に発つさ。ぼくは……いいんだ。ああ、やりきれんなあ。一刻も早く、何かして気を紛らわせたい……。仕事だ、仕事！（机の書類をかき分ける）

間。馬車の鈴の音が聞こえる。

アーストロフ　発っていった。さだめしあの教授《せんせい》、大喜びだろうな！　もう二度とここにやってきやしまいね。

マリーナ　（登場）お発ちになりました。（肘掛け椅子に腰を下ろして、靴下を編む）

ソーニャ　（登場）発っていったわ。（涙をぬぐう）道中ご無事で。（ワーニャに）さあ、伯父さん、何かしましょう。

ワーニャ　仕事だ、仕事……。

ソーニャ　この机の前に座るのも、ずいぶん久しぶりね、ほんとに。（机の上のランプに火を入れる）インクが切れてるみたい……。（インク瓶を持って棚に行き、インクを注ぎ入れる）淋しいわね、みんな発ってしまって。

マリヤ・ワシーリエヴナ　（ゆっくりした足取りで入ってくる）発ってしまったねえ！（腰を下ろすと、読み物に没頭する）

ソーニャ　（机の前に座って、出納帳のページをめくる）伯父さん、まず貸し借りを書いていきましょう。これじゃ、何がなんだか。今日も勘定書を取りに人が来たわ。

じゃあ、書いて。伯父さんは借り入れのほう、あたしは貸し越しを書くわ。

ワーニャ　（書く）「一つ……貸し越し……名宛は……」

二人は押し黙って、書き入れている。

アーストロフ　静かだな。ペンのきしる音に蟋蟀《こおろぎ》の声。暖かだし、くつろぐし……。帰る気がしないなあ。

マリーナ　（欠伸をする）ああ、ねむい。

馬車の鈴の音がする。

アーストロフ　馬車の支度もできたようだ……。さてと、あとは諸君に別れを告げて、自分の机にも別れを言うだけか——じゃあ、発つとするか。（図面を紙ばさみにしまう）

マリーナ　そんなにお急ぎにならなくても。もう少しいらっしゃれば。

アーストロフ　そうもしていられなくってね。

ワーニャ　（書く）「借り入れ残高、二ルーブル七十五コペイカなり」

下男、登場。

下男 先生、馬の用意ができました。

アーストロフ 分かった。（往診鞄、トランク、紙ばさみを下男にあずける）これを持っていってくれ。紙ばさみを折らないようにな。

下男 承知しました。（退場）

アーストロフ さてと。（別れを告げようとする）

ソーニャ 今度はいつお見えになりますの？

アーストロフ 夏を越してからでしょうね、たぶん。冬になるかもしれません……。もちろん、何かあったら、知らせてください――伺います。（両手をもみしだいて）お世話になりました、ご親切に感謝します……まあ、何から何までお世話さまでした。（乳母に歩みよって、頭にキスをする）じゃ、さようなら。

マリーナ お茶も上がらないで、お発ちですか？

アーストロフ いらないよ、ばあやさん。

マリーナ じゃあ、ウオッカでもいかがです？

アーストロフ　（決めかねるようすで）そうだね……。

　　マリーナ、退場。

（しばらく間をおいて）副馬《そえうま》のやつ、足を痛めたようでね。きのう、ペトルーシカが水を飲ませに引いていったときに気づいたんだがね。

ワーニャ　蹄鉄《ていてつ》を打ち直すことだな。

アーストロフ　ロジデストヴェンノエ村の鍛冶屋《かじや》に寄らなくちゃならんだろうな。仕方あるまい。（アフリカの地図に近づいて、地図をながめる）さだめし今ごろ、このアフリカは暑いんだろうな――恐ろしいなあ！

ワーニャ　そうだな。

マリーナ　（グラスに入ったウオッカとパンを載せた盆を持って戻ってくる）どうぞ。

　　アーストロフ、ウオッカを飲む。

たんと召し上がれ。（深々とお辞儀をする）さあ、パンもどうぞ。

アーストロフ　いや、いいんだ、ぼくはこれで……。それじゃ、元気で！（乳母に）

ぼくのことなら送らなくっていいから。いいんだ。

アーストロフ、退場。ソーニャ、蠟燭をかかげて、見送るために彼のあとからついていく。マリーナは椅子に座ったまま。

ワーニャ （書く）「二月二日、菜種油二十フント、二月十六日、同じく菜種油二十フント……蕎麦粉《そばこ》……」

間。馬車の鈴の音。

マリーナ お発ちになりました。

間。

ソーニャ （戻ってきて、蠟燭を机の上に置く）発たれたわ……。

ワーニャ （算盤をはじいて、書き入れている）「しめて、十五の……二十五……」

ソーニャ、腰を下ろして、書く。

マリーナ　（欠伸をする）あーあ、くわばら、くわばら……。

テレーギン、そっと入ってきて、ドアの前に腰を下ろし、かすかにギターの弦を調節する。

ワーニャ　（ソーニャの髪を手で撫でながら彼女に）ソーニャ、なんてつらいんだろう！　このぼくのつらさがお前に分かればなあ！

ソーニャ　仕方ないわ、生きていかなくちゃならないんだもの！

間。

ワーニャ伯父さん、生きていきましょう。長い長い日々を、長い夜を生き抜きましょう。運命が送ってよこす試練にじっと耐えるの。安らぎはないかもしれないけれど、ほかの人のために、今も、年を取ってからも働きましょう。そしてあたしたちの最期がきたら、おとなしく死んでゆきましょう。そしてあの世で申し上げるの、あたしたちは苦しみましたって、涙を流しましたって、つらかったって。するど神様はあたしたちのことを憐れんでくださるわ、そして、ワーニャ伯父さん、伯父さんとあたしは、明るい、すばらしい、夢のような生活を目にするのよ。あたしたちはうれしくなって、うっとりと微笑《ほほえ》みを浮かべて、この今の不幸を振り返るの。そうしてようやく、あたしたち、ほっと息がつけるんだわ。伯父さん、あたし信じているの、強く、心の底から信じているの……。（ワーニャの前に跪《ひざまず》いて、彼の両手の上に頭を置く。疲れきった声で）そうしたらあたしたち、息がつけるの！

テレーギンがかすかにギターを奏でている。

あたしたち、息がつけるんだわ！　あたしたちは天使の声を耳にし、一面にダイヤモンドをちりばめた空を目にするの。地上の悪という悪、あたしたちのこうした苦しみが慈悲の海に浸されて、その慈悲が全世界をおおい、あたしたちの生活がまるで愛撫のように穏やかな、やさしい、甘いものとなるのを目にするの。あたし信じているわ、そう、信じてるの……。（ハンカチでワーニャの涙を拭《ぬぐ》ってやる）かわいそうな、かわいそうなワーニャ伯父さん、泣いていらっしゃるのね……。（涙声になって）伯父さんは人生の喜びを味わうことはなかったのよね。

でも、もう少しの辛抱、ワーニャ伯父さん、もう少しの辛抱よ……あたしたち、息がつけるんだわ……。(ワーニャを抱く)あたしたち、息がつけるようになるわ!

屋敷番の拍子木の音。

テレーギンはかすかにギターを爪弾き、マリヤ・ワシーリエヴナは小冊子の欄外に書き込みをし、マリーナは靴下を編んでいる。

あたしたち、息がつけるようになるんだわ!

ゆっくりと幕

三人姉妹

四幕のドラマ

登場人物

アンドレイ（セルゲーエヴィチ・プローゾロフ）　プローゾロフ家の長男。
ナターシャ（ナターリヤ・イワーノヴナ）　アンドレイの許嫁《いいなずけ》、のちに妻。
オリガ
マーシャ
イリーナ
　アンドレイの姉妹たち。
クルイギン（フョードル・イリイチ）　中学校の教師、マーシャの夫。
ヴェルシーニン（アレクサンドル・イグナーチエヴィチ）　陸軍中佐、砲兵中隊長。
トゥーゼンバフ（ニコライ・リヴォーヴィチ）　男爵、陸軍中尉。
ソリョーヌイ（ヴァシーリー・ヴァシーリエヴィチ）　陸軍二等大尉。
チェブトゥイキン（イヴァン・ロマーノヴィチ）　軍医。
フェドーチク（アレクセイ・ペトローヴィチ）　陸軍少尉。
ロデー（ヴラジーミル・カルロヴィチ）　陸軍少尉。
フェラポント　郡会の守衛、老人。

アンフィーサ　乳母、八十歳になる老婆。

舞台は県庁所在地のとある町

第一幕

プローゾロフ家の屋敷。円柱のある客間、その先に大きな広間。真昼どき、外は日差しがあってにぎやか。広間には朝食の準備がととのえられたテーブル。女子中等学校の女教師の青い制服姿のオリガが立ったまま、もしくは歩きながら、しじゅう生徒のノートに赤を入れている。マーシャは黒いドレス姿で、膝の上に帽子を置き、座って本を読んでいる。白のドレスのイリーナは何やら考え込んでいるようすで佇《たたず》んでいる。

オリガ　お父さまが亡くなったのは、ちょうど一年前の今日、五月五日だった。イリーナ、あなたの名の日[1]だったわ。あの日はとても寒くて、雪が降っていた。私は生きた心地もなかったし、あなたなんか気を失って、死んだように臥《ふ》せっていた。でもこうして一年経《た》ってみると、思い出しても、そんなにつらくはない。あなたなんか白いドレスを着て、顔もはればれしているし……。

時計が十二時を打つ。

そう、あのときも、こんなふうに時計が時を打ってた。

間。

憶《おぼ》えているけれど、お父さまの棺《ひつぎ》が送り出されるときには、軍楽隊の演奏があって、墓地で礼砲が鳴っていたっけ。お父さまは将官で一個旅団を率いていらしたのに、参列してくださる方はわずかだった。おまけに、雪まじりの篠突《しのつ》く雨。

イリーナ どうしてそんなこと思い出すの！

円柱の先、広間のテーブルのあたりにトゥーゼンバフ男爵、チェブトゥイキン、ソリョーヌイがあらわれる。

オリガ 今日は暖かで、窓を開けていても平気、でも白樺はまだ芽吹いてない。お父さまが旅団をまかされて、私たちを連れてモスクワを発《た》ったのは十一年前のこと。私、よく憶えてる、五月のはじめだった。この時期、モスクワは花が満開で、暖かくて、さんさんと日が降りそそいでる。あれから十一年になるけれど、私、モスクワのことはなんでも、きのうのことのように憶えてる。なつかしいわ！　今朝目を覚ましてみると、あふれんばかりの光でしょ、ああ、春が来たんだと思うと、うれしさにぎゅっと胸が締めつけられて、矢も盾もたまらずモスクワに帰りたくなった。

チェブトゥイキン　何をくだらん！

トゥーゼンバフ　もちろん、ラチもない話ですよ。

マーシャは本を読みふけっていて、何かの歌をかすかに口笛で吹いている。

1　ロシアでは生まれた子供の名前は教会が定めた聖人の名を取って命名するのが通例だった。教会暦には各日に複数の聖人の記念日が振り当てられていて、子供の名は誕生日、もしくは誕生日に近い聖人の名を取ってつけ、この聖人の記念日を誕生日代わりに祝った。これを「名の日」または「名の日の祝い」と称する。

オリガ　口笛吹くのはおよしなさい、マーシャ。はしたないわ！

間。

私、毎日昼間は中学校で、夜は夜でおそくまで個人教授の仕事でしょう、だからいつも頭が痛くって、自分でもすっかりお婆さんになったような気がするの。実際、中学に勤めるようになって四年間というもの、毎日、一滴一滴、自分のなかから若さと気力が失われていく気がする。その一方で、大きく強くふくらんでくるのはひとつの夢だけ……。

イリーナ　モスクワに帰るのね。ここの家を売り払って、一切けりをつけてモスクワへ帰るのね……。

オリガ　そう！　一刻も早くモスクワへ帰りたい。

チェブトゥイキンとトゥーゼンバフ、笑い声を立てる。

イリーナ　兄さんは、おそらく教授になるでしょうから、どうせここでは暮らしはしないわ。心残りはただひとつ、かわいそうなマーシャのことだけ。

オリガ　マーシャは毎年、夏にモスクワに出てくればいいわ。

マーシャ、小さく口笛で歌を吹く。

イリーナ　そうなればいいなあ。（窓を見て）いいお天気ね、今日は。あたし、どうしてこんなに晴れ晴れした気分なんだろう。今朝起きて、今日はあたしの名の日なんだと思い出したら、急にうれしくなって、まだママがお元気だった子供のころを思い出したの。すると、いろんな思いがこみ上げてきて、うれしくなっちゃった。

オリガ　今日はあなた、なんだか溌剌《はつらつ》としていて、いつになくきれいだわ。マーシャもきれい。アンドレイだって、なかなかのものよ。ただあも太ってはね、あの人らしくもない。それにひきかえ、私ときたら、老けていくばかりで、こんなにやつれてしまって。きっと、学校で生徒たちにガミガミお説教ばかりしているせいね。でも今日は仕事もなくて、家にいられるし、頭痛もしない。きのうより若返った気がする。私まだ二十八よ、ただねえ……。べつに不平、不満があるわけではないし、何事も神様の御心《みこころ》ひとつだけれど、もし結婚してずっと家にいることになったとしても、それも悪くはないなって気がするの。

間。

私、きっと、夫を大事にすると思う。

トゥーゼンバフ （ソリョーヌイに）そんな冗談ばかり言って、もう聞き飽きたよ。（客間に入ってきて）お伝えするのを忘れてました。今日こちらに新しい砲兵中隊長のヴェルシーニンさんが見えます。（ピアノの前に腰を下ろす）

オリガ あら、そう！　うれしいわ。

イリーナ その方、年配の方？

トゥーゼンバフ いえ、そんなことはありません。せいぜい四十か、四十五ってとこかな。（小さな音でピアノを奏でる）見た目は、押し出しのいい男です。頭だって悪くはない――これはたしかです。ただし、話しだしたら止まらない。

イリーナ おもしろい方？

トゥーゼンバフ ええ、なかなかのものです。ただし奥さんに姑、それに二人の娘がいます。しかも、再婚です。他人様《ひとさま》のお宅に伺っては、あちこちで自分は妻と二人の子持ちだと吹聴《ふいちょう》するらしい。ここでも、きっとその話を持ち出しますよ。奥さんというのが、ちょっと頭のおかしな女で、娘《ひと》のように長いお下げに髪を結って、高尚なことばかりのたまっては、こむずかしい話をし、しょっちゅう自殺騒ぎを起こすんだそうです。きっとご主人への面当《つら》てなんでしょう。ぼくなら、とっくにあんな女性は願い下げなんですが、あの人はじっと耐えて、ただ愚痴をこぼすだけです。

ソリョーヌイ (チェブトゥイキンと連れだって、広間から客間に入ってくる) 片手だとぼくは三十キロしか持ち上げられないが、両手だと百キロはだいじょうぶです。だからぼくは言うんです、二人の人間は一人の倍ではなく、三倍、いやそれ以上の力が発揮できるんだとね……。

チェブトゥイキン (歩きながら新聞を読む) 抜け毛には……半瓶のアルコールにナフタリン十グラム……よくかき混ぜて、毎日使用すること……。(手帖に書き込む) メモしとこう! (ソリョーヌイに) つまりだね、こういうことだ。瓶にしっかりコルクでふたをする、そこにガラス管を通してやる……。それから、そこいらにあるありふれたミョウバンをひとつまみ取って……。

イリーナ　チェブトゥイキンさん、ねえ、チェブトゥイキンさんっ！
チェブトゥイキン　なんです、イリーナさん？
イリーナ　ねえ、教えて、どうしてあたし、今日はこんなに仕合わせなのかしら？　まるで大きく帆を張った船にでも乗っているみたいなの。頭の上には大きな蒼《あお》い空があって、大きな白い鳥が飛び交っているの。どうして？　どうしてかしら？
チェブトゥイキン　（イリーナの両手にキスしながら、やさしく）そう、それはよかったですね……。
イリーナ　あたし、今朝目を覚まして、起きて顔を洗ったら、なんだか急に、この世の中のことは何でも分かったような気になったの。どう生きなければならないかが分かった気になったの。ねえ、チェブトゥイキンさん、あたし何もかも分かったのよ。人間は誰でも、骨身を惜しまず、額に汗して働かなくてはならないって。人が生きている意味も目的も、その人の仕合わせも歓びも、そこにあるの。日の出とともに起きて、街路でコツコツ石を叩き割る労働者になるって、すばらしいことだわ。牛追いとか、子供たちに勉強を教える先生になるのもいいわ。鉄道の機関士でもいい……。ほんと、そうよ。人間じゃないなら、牛か、ただの馬になって働くほうがずっとましよ。その点、小娘はダメねえ、十二時に起きて、ベッドのなかでコーヒーをいただいて、それから二時間もかけて着替えをするんですもの……そんなの、最低っ！　あたしが働きたいって気になったのは、暑い日に喉《のど》が渇くでしょ、あれと同じなの。もし、あたしがいつまでも起きなくって、骨身を惜しむようなら、金輪際あたしとは口をきかないでくださいね、いいこと、チェブトゥイキンさん。

チェブトゥイキン　（やさしく）ええ、ええ、口なんかきくもんですか……。

オリガ　私たち、父から七時に起きるようしつけられました。今でもイリーナは七時に目を覚ましますが、九時までベッドのなかでゴロゴロ、何か考え事をしてるんです。その真面目くさった顔ったら！（笑う）

イリーナ　姉さんは、いつまでもあたしを子供扱いする癖がぬけないのよ。だから、あたしが真面目な顔をしていると、おかしく見えるの。あたしもう二十歳《はたち》よ。

トゥーゼンバフ　労働にあこがれる気持ち、ぼくにも分かるなあ！　ぼくは生まれてこのかた、一度たりとも仕事に就いたことがありません。ぼくが生まれたのは、寒くて、のんびりしたペテルブルグで、しかもうちの家ときたら、働くことや生活のわずらいとは無縁の家庭でした。憶えてますが、ぼくが幼年学校から帰省すると、従僕たちが寄ってたかってぼくの長靴を脱がせにかかるんです。そんなとき、ぼくは駄々をこねるんですが、母はそんなぼくをいとおしそうに眺めていたもので、ほかの連中がそんなふうにぼくを見ないのを訝《いぶか》っていました。ぼくは労働から手厚く保護されて育ったわけです。ただ、最後までぼくを守りきることはできなかった、残念ながら！　時代は変わったんです。われわれみんなに今や巨大な波が襲いかかってきている。たくましい、力強い嵐がわき起こり、それはすぐそこに迫っている。やがてその嵐は、私たちの社会から怠惰や無関心や労働にたいする偏見も、腐りきった倦怠《けんたい》も吹き飛ばしてしまうにちがいありません。ぼくは働きますよ、いや、二十五年か三十年もすれば誰もが働いていますよ。ええ、誰もが！

チェブトゥイキン　私はごめんだね。

トゥーゼンバフ　先生は勘定には入っていません。

ソリョーヌイ　二十五年後には、ありがたいことに、あなたなんか、もうこの世にいるもんですか。二年か三年もすれば、卒中でお陀仏か、さもなくば、このぼくが怒りにかられて、あなたの額にピストルの弾をズドンとお見舞いしている。（ポケットから香水の瓶を取り出して、自分の胸や両手に振りかける）

チェブトゥイキン　（声を立てて笑って）実際、私は何かをやったというためしがないんだ。大学を出てから、箸の上げ下ろしはもちろん、本一冊読み通したことがない、読むのは新聞だけでね……。（ポケットからまた別の新聞を取り出す）ほら、このとおり……。こういう新聞から、たとえば……ドブロリューボフなる人物がいたことを知るんだが、はたして、その男がどんなものを書いたのか、皆目知らない……。知っちゃいないよ！

階下で床を踏みならす音が聞こえる。

おや……階下《した》でお呼びだ。誰か私に用らしい。すぐに戻ります……しばらくお待ちを……。（顎鬚《あごひげ》を撫でつけながら、足早に退場）

イリーナ　何かたくらんでいるんだわ。

トゥーゼンバフ　そうですよ。あんなに得意満面な顔つきで出ていきましたからね。きっと、あなたへの贈り物ですよ。

イリーナ　そんなの困るわ！

オリガ　ほんと、困った人。いつも、とんでもないことをしでかすんだから。

マーシャ　入江のほとりに、緑なす樫の木ひとり、黄金《こがね》の鎖をその身にまとい[2]……。
黄金の鎖をその身にまとい……（立ち上がって、小声で歌う）

オリガ　今日はご機嫌ななめね、マーシャ。

　マーシャ、口ずさみながら、帽子をかぶる。

　どこへ行くの？

マーシャ　私、帰る。

イリーナ　変なのっ。

トゥーゼンバフ　名の日の祝いなのに、帰るんですか！

マーシャ　いいじゃない、どうでも……。どうせ、夜にまた来るんだし。それじゃ。（イリーナにキスする）もう一度お祝いを言わせて、元気でね、仕合わせになるのよ……。以前、お父さまがお元気だったころには、名の日には、毎回三十人から四十人の将校さんたちが押しかけて賑やかだったのに、今日は中途半端な人数で、静かなることまるで荒野のごとしだわ……。私、帰る……。今日私、なんかむしゃくしゃして、愉しくないの。だから、私の言うことなんか気にしないで。（涙目で笑いながら）あとでまた話しましょう。それじゃね、ちょっとどこかに出かけてくるわ。

イリーナ （不満げに）マーシャったら。

オリガ （涙を浮かべて）分かるわ、あなたの気持ち、マーシャ。

ソリョーヌイ 男がこむずかしい話をすれば、哲学もどきか詭弁《きべん》だが、女が一人もしくは二人で御託をならべると――それは、どうか私の指を引っぱって、ってことだ。

マーシャ 何が言いたいわけ、それで？ 煮ても焼いても食えない人ねっ。

ソリョーヌイ べつに。あっと言う間もあらばこそ、熊は猛然と男に襲いかかりぬ。[3]

間。

2 アレクサンドル・プーシキン（一七九九～一八三七）の叙事詩『ルスランとリュドミーラ』（一八二〇）の前口上の一節。

3 ロシアの寓話作家イワン・クルイロフ（一七六九～一八四四）の寓話「農夫と作男」の一節。

マーシャ　（オリガに、腹立たしげに）泣かないでよ！

アンフィーサとケーキを抱えたフェラポント、登場。

アンフィーサ　さあさ、こっちへ。あんた、足だってきれいだから、どうぞお入《はい》んなさい。（イリーナに）郡会の、プロトポーポフさん、ミハイル・イワーヌイチ・プロトポーポフさんから贈り物です……。ケーキかなんかです。

イリーナ　ありがとう。よろしくお伝えしてね。（ケーキを受け取る）

フェラポント　なんです？

イリーナ　（大きな声で）お伝えして、よろしくって。

オリガ　ばあや、この人に肉饅頭《ピローグ》でも差し上げて。フェラポントさん、もういいわよ、向こうで召し上がって。

フェラポント　なんです？

アンフィーサ　行きますよ、さあ、フェラポント爺さん。行きますよ……。（フェラポントと退場）

マーシャ　あたし、プロトポーポフって嫌い、ミハイル・ポタープイチかイワーヌイチか知らないけれど。あんな人、招《よ》ばないでよ。
イリーナ　あたし、招んでないわよ。
マーシャ　それなら、いいの。

チェブトゥイキン、登場。そのあとから銀製のサモワールを抱えた従卒。

一同、驚きと非難のどよめき。

オリガ　（両手で顔をおおって）まあ、サモワール！　ほんと、なんてこと！（広間のテーブルのほうに去る）

同時に
イリーナ　ほんと、なんのまね！
トゥーゼンバフ　（笑って）ぼくが言ったとおりだ。
マーシャ　あなたって、ほんとに身の程知らず！

チェブトゥイキン　私の大事なお嬢さん方、あなた方は私にとって唯一無二の存在で、私にとってこの世でいちばん大切な人たちです。私はもうじき六十になる、身寄りもなければ、取るに足りぬ老人です……。あなた方に寄せる愛情以外、私にはなんの取り柄もない。あなた方がいらっしゃらなければ、私なんかとっくにこの世から消えていたんだ……。（イリーナに）イリーナさん、私はあなたが生まれたときから知っていて……この手でよく抱っこしたものだ……私は亡くなったお母さまのことが好きでしてねえ……。

イリーナ　それにしたって、どうしてこんな高価な物を！

チェブトゥイキン　（涙声で、腹立たしげに）高価な物ですって……分からん人だ！（従卒に）こんな物、向こうへ持っていけ……。（口調をまねて）何が、どうしてこんな高価な物を、だ……。

従卒、サモワールを広間へ運び去る。

アンフィーサ　（客間に入ってきて）どこぞの大佐さまがお見えです！　もうコートをお脱ぎで、こちらにいらっしゃいます。イリーナさん、愛想よく丁重にお迎えなさいましよ……。（出ていきながら）もうとっくにお食事の時間なのに……やれやれ……。

トゥーゼンバフ　きっと、ヴェルシーニンです。

ヴェルシーニン、登場。

ヴェルシーニン中佐です！

ヴェルシーニン （マーシャとイリーナに）お目にかかれて光栄です、ヴェルシーニンです。こちらに伺うことができまして、実にうれしい、喜びに堪えません。ほう、大きくなられましたなあ！　いやはや、これはどうも！

イリーナ どうぞ、お掛けください。よくいらっしゃいました。

ヴェルシーニン （磊落《らいらく》な調子で）うれしいかぎりです！　感無量です！　たしか……あなた方は三人姉妹でいらしたはず……。三人のお嬢さんだった——そう記憶しますが。お顔のほうは憶えておりませんが、お父さまのプローゾロフ大佐には小さな三人のお嬢さんがいらした——そのことははっきり記憶しております。なにしろ、この目で何度もお見かけしたのですからね。月日の経つのは早いものですな！　いやはや、まったく早いものだ！

トゥーゼンバフ ヴェルシーニンさんはモスクワからお越しになったんです。

イリーナ モスクワから？　モスクワからいらしたの？

ヴェルシーニン　ええ、そうです。亡くなられたお父さまが、あちらで砲兵中隊の指揮官を務められていた折に、私は同じ旅団で将校をしておりました。（マーシャに）あなたのお顔には、そう、少し憶えがありますね。

マーシャ　私のほうは、さっぱり！

イリーナ　姉さん、オリガ姉さん！（広間に向かって声を張りあげる）こちらにいらっしゃいよ！

オリガ、広間から客間に入ってくる。

こちらヴェルシーニン中佐、モスクワからいらしたの。

ヴェルシーニン　そうしますと、あなたが、……オリガさん、いちばん上の……。で、あなたが、マーシャさんで……。そして、あなたがイリーナさん、下の……。

オリガ　モスクワからお越しですの？

ヴェルシーニン　ええ。モスクワの学校を出まして、最初の軍務もモスクワでした。ながらくあちらで勤務しておりましたが、ようやくこちらの砲兵中隊を任されることになりまして、ごらんのとおり、移ってまいった次第です。あなた方おひとりおひとりのことはしかと憶えておりませんが、三人の姉妹でいらしたことだけは記憶しております。お父さまのことは今でも憶えておりまして、今もこうして目を閉じますと、ありありとそのご尊顔が目に浮かんでまいります。モスクワのお宅にもちょくちょく伺ったものでした……。

オリガ 私、どなたのこともよく憶えているつもりだったのですが、もしや、あなたは……。

ヴェルシーニン ええ、アレクサンドル・イグナーチエヴィチと申します……。

イリーナ モスクワ出身のヴェルシーニンさん……。なんて奇遇なんでしょう！

オリガ 私たち、そこに越すつもりなんですの。

イリーナ 秋には移るんですよ。懐かしいわ、私たちの生まれた町ですもの……。旧バスマンナヤ通り……。

二人とも、うれしさのあまり笑い出す。

マーシャ 奇遇だわ、ここで同郷の人にお目にかかるなんて。（元気になって）思い出したわ、私。憶えてない、オリガ、うちで噂してたじゃない、「恋する少佐」って。あなたはあのとき中尉で、どなたかに恋してらした、それでみんなであなたのことを、どういうわけか少佐ってからかってたの……。

ヴェルシーニン （笑って）そう、そう……。恋する少佐、そうでした……。

マーシャ あのころはまだ口髭《くちひげ》だけでしたのに……。お年をお召しになったわ！（涙声で）年は争えないものね！

ヴェルシーニン そうです、恋する少佐と呼ばれていたころ、私もまだ若く、恋もしていました。それが今では……。

オリガ でも、白髪は一本もなくってよ。お年は召されたけれど、まだそれほど年配というわけじゃ……。

ヴェルシーニン しかし、もう数えで四十三です。ところで、みなさんはモスクワを離れられて、ずいぶんにおなりですか？

イリーナ 十一年です。ねえ、どうしたの、マーシャ、泣いたりして、変な人……。（涙声になって）あたしまで、泣けてきちゃうじゃない……。

マーシャ なんでもないの。で、お住まいはどこの通りでした？

ヴェルシーニン 旧バスマンナヤ。

オリガ 私たちと同じだ。

ヴェルシーニン 一時期はネメッツカヤ通りにおりました。ネメッツカヤから赤の兵舎まで歩いて通っていました。途中に陰気な橋がありましてね、その下をゴウゴウと川が流れていました。ひとりで歩いていると心細くなったものです。

間。

それにしても、ここの川はじつに広々としていて、立派な川ですね！　みごとな川だ！

オリガ ええ、でも、寒くって。ここは寒いし、蚊も出るんですよ……。

ヴェルシーニン 何をおっしゃいます！　ここは健康的な、すばらしいスラブの気候じゃありませんか。森があって川があって……それに白樺だってある。愛らしい控え目な白樺、私はこの木がいちばん好きですね。暮らすのにこんないいところはありませんよ。ただ、どうにも腑に落ちないのは、鉄道の駅が二十キロも離れていることです……。しかも、誰もその理由を知らない。

ソリョーヌイ ぼくは知ってますよ、その理由を。

一同、彼に目を向ける。

なぜかと言うと、もし駅が近ければ、遠くない道理だし、遠いとすれば、それは近くないからだ。

気まずい沈黙。

トゥーゼンバフ 冗談がきついな、君は。

オリガ 私、今ようやく、あなたのこと思い出しました。憶えてますわ。

ヴェルシーニン 私はお母さまのことも存じ上げておりました。

チェブトゥイキン すばらしい女性でした、亡くなられたが。

イリーナ ママのお墓はモスクワにありますの。

オリガ ノヴォ・デーヴィチーの墓地です。

マーシャ いやだわ、私、ママの顔を忘れかけてる。きっと、私たちのことも、こんなふうに思い出されなくなるのね。忘れられてしまうのね。

ヴェルシーニン そう。忘れ去られてしまうでしょうね。それがわれわれの運命で、どうにも致し方がない。現在私たちが深刻で、意味があって、とても重要だと思っていることも、時が来れば、忘れ去られるか、さほど重要とも思われなくなるでしょう。

間。

おもしろいことに、将来何が高尚で重要だと見なされ、何が瑣末《さまつ》で滑稽《こっけい》と見なされるのかは、今の私たちにはまったく知りようがない。コペルニクスの発見だとか、あるいは、コロンブスの発見なんてものは、最初のうちは無用で滑稽なものに見え、その一方でどこぞの変人が書いた戯言《たわごと》が真理だと思われてきたのではないでしょうか。これと同じで、私たちが当たり前に思っている今の生活だって、時間が経てば、何か妙な、居心地の悪い、おろかしい、けがらわしいものだと思われるかもしれない。いや、罪深いものだとすら思われかねない。

トゥーゼンバフ いや、分かりませんよ。ことによると、ぼくらの生活が高尚なものだったと称され、敬意をもって振り返られるかもしれないじゃないですか。今でこそ拷問も処刑も侵略もありませんが、相変わらず人びとの苦しみは尽きないですからね。

ソリョーヌイ　（甲高い声で）とお、とお……。男爵なんぞに飯はいらぬ、御託ならべて、腹のたし。

トゥーゼンバフ　ソリョーヌイ君、ぼくに構わないでくれ……。（座る場所を移して）ほんと、うんざりだよ。

ソリョーヌイ　（甲高い声で）とお、とお、とお……。

トゥーゼンバフ　（ヴェルシーニンに）ぼくらの目の前にある苦しみ――それは、たしかに数知れず多い。とはいえ、社会がある種の精神的な成長をとげているという話もあります。

ヴェルシーニン　ええ、そりゃあ、もちろんです。

チェブトゥイキン　男爵、君の今のご高説だと、われわれは成長をとげたらしいが、人間なんて低級なものでね……。（立ち上がる）ごらんのとおり、私の背丈はこれしかない。まあ、せめてもの慰みに、生活は高級だ、高級だと言い募らなけりゃならんがね。知れた話さ。

舞台裏でバイオリンを奏でる音。

マーシャ あれ、うちの兄のアンドレイが弾いてるんです。

イリーナ 兄はうちでは学者なんですよ。教授になるんです。パパは軍人でしたが、その息子は学者の道を選んだのです。

マーシャ 父の意向で。

オリガ 私たち、今日、あの子をからかってやったんです。どうやら、誰かさんに恋してるらしいの。

イリーナ この町のあるお嬢さんに。今日、その女《ひと》もうちに見えるはずよ、きっと。

マーシャ あの服の趣味ったら、ないわねえ！ みっともないとか流行遅れというんじゃないけれど、なんだかみじめったらしいの。なんか変な派手な黄色っぽいスカートに無粋な房《ふさ》がついているかと思えば、それに赤の上着でしょう。しかもあんなに頬がテカテカ！ 兄さんがあんな女《ひと》に恋するなんてありえない。たしかに十人十色とは言うけれど、兄さんはただ私たちを困らせてやろうとしているだけ、いたずらっ気を起こしてるだけよ。きのう小耳にはさんだけれど、あの女《ひと》、郡会議長のプロトポーポフさんに嫁ぐって噂よ。万万歳だわ……。（わきのドアに向かって）兄さん、こっちにいらっしゃいよ、ちょっとだけ！

アンドレイ、登場。

オリガ　弟のアンドレイです。
ヴェルシーニン　ヴェルシーニンです。
アンドレイ　初めまして。（吹き出した顔の汗をぬぐう）すると、あなたが、今度旅団の司令官として赴任された……？
オリガ　知ってて、ヴェルシーニンさんはモスクワからいらしたの。
アンドレイ　おやまあ？　そりゃあ大変ですよ、姉さんたちが放しませんよ。
ヴェルシーニン　もうお姉さまたちをうんざりさせているところです。
イリーナ　ごらんになって、これ今日兄が写真入れにって贈ってくれた額縁ですの。（額縁を披露する）お手製なんですよ。
ヴェルシーニン　（額縁を見て、なんと答えていいか分からず）なるほど……これはこれは……。

イリーナ　ピアノの上に掛かっているのも、兄が作ってくれたんです。

アンドレイ、退散だとばかりに手を振って、後ずさりする。

オリガ　弟はうちの学者先生でもあり、バイオリンも弾き、なんでも鋸《のこぎり》ひとつで作ってしまいますの。まあ、何をやらせても玄人《くろうと》はだしなんですよ。アンドレイ、逃げてかないで！　いつもこうして、こそこそ逃げだそうとするんです。ほら、こっちに来て！

マーシャとイリーナ、アンドレイの腕を抱えて連れ戻す。

マーシャ　いなさいってば！

アンドレイ　もう、勘弁してよ！

マーシャ　ヴェルシーニンさんは昔恋する少佐なんて呼ばれてたけれど、少しもいやな顔なさらなかったわ。

ヴェルシーニン　ええ、少しも。

マーシャ　兄さんのこと、恋するバイオリン弾きって呼ぶわよ！

イリーナ　それとも、恋する教授！
オリガ　この子、恋してる！　アンドレイが恋してる！
イリーナ　（両手を打ちながら）さあ、みんなで拍手！　ブラボー！　アンドレイが恋してる！
チェブトゥイキン　（アンドレイの背後から忍びより、両手で彼の腰を抱きかかえて）「この世に生を享《う》けしは、ただ恋せんがため！」[4]とねっ。（笑い転げながら、それでも新聞を手放さない）
アンドレイ　もういいよ、分かったよ！（顔の汗をぬぐう）きのうぼくは一睡もできなくて、なんと言うのか、ちょっとぼうっとしてるんです。四時まで本を読んでいて、それから床に就いたんですが、どうしても寝つけなくて。あれこれ考えているうちに、しらじらと夜が明けてきて、朝日が寝室に差し込んできてしまいました。ここにいる夏のあいだに、英語の本を一冊訳してしまいたいと考えてるんです。
ヴェルシーニン　ほお、英語もお読みになるんですか？
アンドレイ　ええ。亡くなった親父が、勉強しろって、われわれ子供を締め上げましてね。愚にもつかないお笑いぐさですが、ほんとのことを言いますと、親父が死んでからぼくは太りだして、一年でこれです。親父の虐待からぼくの体が解放された格好です。親父のおかげで、ぼくも姉さんたちもフランス語にドイツ語、英語ができます。イリーナなんか、イタリア語までできるんです。だが、これがなんの役に立つのやら!

マーシャ この町で三つも外国語を知っているなんて、無駄な贅沢よ。贅沢というより、六本目の指みたいに、余計なおまけだわ。私たちが知ってるのは、余計なことばっかし。

ヴェルシーニン おやおや!（笑う）余計なことばかりですって! 知的で教養のある人間を必要としない、そんな退屈で停滞した町なんかありません。いや、ありえないと思いますね、私は。たしかに、ここは立ち遅れ、停滞しているかもしれません。そしてこの町に住む十万人のなかで、みなさんのような人間はわずか三

4 パリス作曲のボードビル的なオペラ『狼男』でタイシアが歌う「ロシアのアリア」の冒頭の一句。原作のフランス語からピョートル・コビャコフの手によってロシア語に翻案され、一八〇八年ペテルブルグで初演された。

人にすぎないかもしれない。みなさんがまわりの無知蒙昧《もうまい》な人びとの群れに勝てっこないのは道理でしょう。みなさんは生きていくなかで、じりじりと後退を余儀なくされ、その十万の波に飲み込まれ、あなた方の存在は生活にかき消されるかもしれない。だからといって、みなさんが消えてしまうわけではない。かならずや、なんらかの影響を残さずにはおかない。みなさんが亡くなったあとに、あなた方のような人間が六人、いや、十二人とふえていき、やがては、みなさんのような人間が大勢《たいせい》を占めることになるかもしれない。二百年後、三百年後には、この地上にえも言われぬような、すばらしい、うっとりするような生活が出現するかもしれません。人間にはそうした生活が必要です。たとえ今それがないにしても、人はそれを予感し、夢見、態勢を整えておかなくてはならない。そのためには、自分の父親や祖父の世代よりも多くのことを見聞きし、知ることが必要なのです。（声を立てて笑う）それなのに、あなた方はそれを余計なことだとおっしゃる。

マーシャ　（帽子を脱いで）私、残って食事してくわ。

イリーナ　（溜息をついて）ほんとそうだわ。今おっしゃったこと、全部書きとめておかなくちゃ……。

いつの間にかアンドレイの姿が見えない。こっそり姿をくらましたらしい。

トゥーゼンバフ　遠い将来、この地上に、すばらしい、うっとりするような生活が訪れるというお話ですが、ぼくもそのとおりだと思いますね。でも、その生活に今から、遠くからでも参加するには、それに向けて準備することが必要で、そのために身を粉《こ》にして働かなければならない……。

ヴェルシーニン　（立ち上がって）ええ、そうです。それにしても、お宅にはずいぶん花がありますね！（あたりを見回す）それにお住まいも立派だ。羨《うらや》ましいかぎりです！　これまでの私は、次から次へと住まいを渡り歩く生活で、二脚の椅子と長椅子一つ、いつも煙って仕方がないコンロというのが道連れでした。私の生活に欠けていたのは、まさにこうした花のある生活です。（両手をこすり合わせて）まあ、そんなことを言ってもはじまらない！

トゥーゼンバフ　そう、身を粉《こ》にして働かなくてはならない。あなたはきっと、このドイツ人、何を感激していやがるとお思いでしょう。でも、ぼくはロシア人で、ドイツ語なんてからっきしできないんです。本当です。父もロシア正教徒でした。

間。

ヴェルシーニン（舞台の上を歩きまわる）私はよくこう考えるんです。もし、もう一度人生をやり直すことができたら、それも自分なりに考えてやり直すことができたらと。もし、これまでの人生が、いわば下書きにすぎず、もうひとつの人生がまっさらにはじめられたらとね。そうなれば、誰もがまず自分の犯した愚を繰り返すまいとするでしょう。少なくとも自分のために、今とはちがう生活の環境を整え、こんな花や光があふれる住まいを手に入れようとするのではないでしょうか、私はそう思いますね……。私には妻と二人の娘がいます、おまけに家内は具合がよくない。そればかりか、何やかやの問題を抱えている。だから、もし一から人生をやり直せるとしたら、私は二度と結婚はしないでしょうね……。いや、するもんですか！

正装の燕尾《えんび》服姿のクルイギンが登場。

クルイギン　（イリーナに歩み寄って）やあ、イリーナ、お誕生日おめでとう、謹んで、心から君の健康と、同じ年ごろの娘にも願いうる多くの仕合わせをお祈りする。それから、贈り物としてこの本を持ってきた。（本を手渡す）私が書いたわが中学校の五十年史だ。暇に飽かして書いたつまらない本だが、まあ、読んでごらん。ご機嫌よう、みなさん！（ヴェルシーニンに）当地の中学教師、クルイギンです。七等官を拝命しております。（イリーナに）この本にはこの五十年のあいだにうちの中学校を終えた全卒業生の名簿が出ている。「フェキ・クオド・ポトゥイ、ファキアント・メリオラ・ポテンス」[5]、つまり「我あたう限りのことをなせり、これよりよくなさん人あらば、それに任せん」というわけだ。（マーシャにキスする）

イリーナ　復活祭のときにも、同じ本をいただいたわ。

クルイギン　（声をたてて笑う）まさか！　そういうことなら返してもらおう。いや、こちらの大佐に差し上げなさい。どうぞ、大佐。お暇な折にでもご笑覧いただければ。

ヴェルシーニン　これはどうも。（辞去しようとする）お会いできて幸いでした……。

5　Feci quod potui, faciant meliora potentes.　ラテン語。意味は本文に組み込んだとおり。

オリガ　お帰りですか？　ダメですわ、そんなの。

イリーナ　どうぞ、お食事でもご一緒に。お残りになって。

オリガ　是非とも。

ヴェルシーニン　（お辞儀をして）どうやら、お誕生日にお邪魔したようです。すみません、存じ上げなかったもので、お祝いも申し上げずに……。（オリガと広間のほうに立ち去る）

クルイギン　みなさん、今日は日曜日、つまり安息日です。みんなして体を休め、各人各様に楽しみましょう、おのがじし年齢と立場相応に。夏のあいだ絨毯《じゅうたん》は片づけて、冬までしまっておきましょう……。ペルシアの防虫粉とナフタリンをお忘れなく……。ローマ人が健全であったのは、労働と休息の術《すべ》を知っていたからです。ローマのことわざに曰く、「メンス・サナ・イン・コルポレ・サノ」[6]、つまり「健全な精神は健全な肉体に宿る」とね。彼らの生活は決まりきった型に沿って流れていた。うちの校長もよくおっしゃっています。どんな生活でも重要なのは、その形式だとね。形を失うものは破滅する——われわれの生活だって同じですぞ。（マーシャの腰を抱きよせて、笑いながら）マーシャは私を愛してます。うちの奥さんは私のことを愛している。そうそう、窓のカーテンも絨毯と一緒に片づけましょう……。今日私は陽気で、気分も上々。マーシャ、私たちは今日四時に校長のお宅に伺うんだからね。教師とその家族の園遊会だ。

マーシャ 私、行かない。

クルイギン （がっかりして）おや、マーシャ、どうしたの？

マーシャ その話はまたあとで……。（腹立たしそうに）分かった、行くわ、でも今は構わないで……。（クルイギンから離れる）

クルイギン そのあとは、校長のお宅で宵のひとときを過ごすんだ。この校長というのは、お加減がわるいにもかかわらず、まずもって社交を第一に心がける人でしてね。すばらしく、明るい性格です。なかなかの人格者です。きのうも会議がはねてから、私におっしゃった、「疲れたよ、クルイギン君、疲れたよ」ってね。（壁に掛かった時計と自分の腕時計を見くらべて）ここの時計は七分進んでおりますぞ。そうだよ、そうおっしゃるんだ、疲れたよってね。

6　Mens sana in corpore sano.　ラテン語。意味は本文に組み込んだとおり。

舞台裏でバイオリンの音。

オリガ　みなさん、どうぞ、お食事をなさってください。ロシア・パイです！

クルイギン　ああ、オリガ、オリガ！　私、きのうは朝から夜の十一時まで働きづめでね、疲れました、でも今日は仕合わせな気分だ。（広間のテーブルに向かう）ねえ、オリガ……。

チェブトゥイキン　（新聞をポケットにしまい、鬚に櫛を入れながら）ロシア・パイと言ったな？　そいつはありがたい。

マーシャ　（チェブトゥイキンに、厳しい口調で）いいこと、飲んじゃだめよ。分かってらっしゃるの？　飲むと体に毒ですからね。

チェブトゥイキン　心配ご無用！　もうだいじょうぶ。もう二年も泥酔とは無縁だ。（飲みたい誘惑に抗しきれないようすで）だがねえ、どうでもいいんじゃないかね！

マーシャ　でも、飲もうなんて気を起こしちゃダメよ。ダメですよ。（腹立たしげに、しかし夫には聞こえないように）ああ、いやだ、また校長先生のところで退屈させられるんじゃ！

トゥーゼンバフ　ぼくだったら行きませんね……。簡単な話ですよ。

チェブトゥイキン　お行きなさんな、ねっ。

マーシャ　他人事《ひとごと》だから、そんなこと言えるのよ……。なんていやな生活なんだろう、耐えられない……。（広間に行く）

チェブトゥイキン　（マーシャのあとからついていく）おやめなさい！

ソリョーヌイ　（広間に入っていって）とお、とお、とお……。

トゥーゼンバフ　うんざりだよ、ソリョーヌイ君。もうたくさんだ！

ソリョーヌイ　とお、とお、とお……。

クルイギン　（浮かれて）ご健康を祝して、大佐！　私は教育者ですが、ここはうちも同然、私も内輪の人間に戻って、ここではマーシャの夫です……。マーシャは気だてのよい女性でしてね、まったく。

ヴェルシーニン　私もご相伴にあずかって、この黒っぽいウオッカをいただきましょう……。（飲む）ご健康を祝して！（オリガに）このお宅はじつに愉快ですなあ……。

客間にはイリーナとトゥーゼンバフの二人が残る。

イリーナ　マーシャは今日ご機嫌ななめなの。姉さんがお嫁に行ったのは十八のときでしょ、そのときにはあの人がいちばん頭がいい人に思えたのね。ところが、今じゃおおちがい。たしかに、あの人、いい人だけれど、頭がいいかというと、どうだか。

オリガ　（じれったそうに）アンドレイ、いつになったら顔出すの！

アンドレイ　（舞台裏で）今行く。（入ってきて、テーブルに向かう）

トゥーゼンバフ　何を考えてらっしゃるんです？

イリーナ　なんでもないの。あたし、あなたのお友だちのソリョーヌイさんて嫌い、なんだか怖くって。あの人の言うことって、ふざけたことばかりだし……。

トゥーゼンバフ　変わったやつなんです。ぼくは彼のことをかわいそうなやつだとも、我慢ならない男だとも思うんですが、かわいそうだと思うことのほうが多いかな。彼はああ見えて、案外人見知りをする質《たち》らしい……。ぼくと一緒にいるときなんかは、なかなか頭のいい男で、思いやりもあるんですが、人前に出ると乱暴で喧嘩腰になるんです。ねえ、行かないで。向こうで勝手にやらせておけばいいですよ。あなたのそばにもう少しいさせてください。何を考えてらっしゃるんです？

間。
あなたは二十歳《はたち》、ぼくはまだ三十にもならない。ぼくたちの前にはまだどれだけの歳月が残されているんだろう。数え切れないほどの長い歳月、その打ち続く日々にも、ぼくはあなたを愛します。

イリーナ お願い、あたしに愛だとか恋の話はなさらないで。

トゥーゼンバフ （相手の言葉にお構いなく）ぼくは生きることに熱烈にあこがれています。戦い、労働することにも。このあこがれは、ぼくの心のなかで、あなたへの愛とひとつに融け合っている。それに、イリーナさん、あなたがこれ見よがしに美しいものだから、ぼくには人生までが美しいものに思えるんです。何を考えてらっしゃるんです？

イリーナ 人生は美しいとおっしゃるけど、でも、もしそう思えるだけだとしたら！あたしたち、三人の姉妹には、人生なんてちっとも美しくなかった。まるで雑草のように、あたしたちをむしばんでしまっただけなの……。あたし、なんだか涙がこぼれて。でも、涙なんか……。（慌てて涙をぬぐうと、微笑《ほほえ》んで）そうよ、大事なのは働くことよ。あたしたちがこんなに鬱《ふさ》ぎ込んで、人生を暗いものとしか見られないのは、労働を知らないせいよ。あたしたち、労働を見下してきた人たちの子供ですもの。

ナターシャ、登場。ピンクのドレスにグリーンのベルトといういでたち。

ナターシャ　もうテーブルに着いてらっしゃる……。遅れたわ……。（ちらっと鏡をのぞいて、身なりをただす）髪は、これでいいわね……。（イリーナを見かけて）あら、イリーナさん、おめでとう！（強く長くキスする）たいそうなお客様ですわね、あたし気後れしちゃって……。こんにちは、男爵。

オリガ　（客間に入ってきて）あら、あら、ナターシャさん。よくいらしたわ！

キスし合う。

ナターシャ　お誕生日おめでとうございます。また大勢のお客様ですわね。あたし、すっかり足がすくんでしまって……。

オリガ　心配ご無用よ、みなさん内輪の人間ですから。（声をひそめて、驚いたようすで）あなた、なに、そのグリーンのベルト！　よくないわ！

ナターシャ　縁起がわるいですか？

オリガ　そうじゃなくって、ただ似合ってないだけ……なんか変なの……。

ナターシャ　（涙声で）そうでしょうか？　でも、これって緑というより、くすんだ色なんですが。（オリガのあとについて、広間に向かう）

広間では一同テーブルに着いて食事をしている。客間には誰もいない。

クルイギン　イリーナ、どうかいいお婿さんが見つかりますように。もうお嫁に行ってもいい年ごろだ。

チェブトゥイキン　ナターシャさんにも、いいお婿さんが見つかりますように。

クルイギン　いや、ナターシャさんには、もう立派にお婿さんがおいでだ。

マーシャ　（フォークで皿を叩いて）あたし、ワインをいただくわ！　いいのよ、人生は一度っきり、やってみなくちゃわからないじゃない！

クルイギン　君のお行儀はマイナス三点ですぞ。

ヴェルシーニン　このリキュール、なかなかいけますな！　ものは何です？

ソリョーヌイ　ゴキブリ。
イリーナ　（涙声で）やめてよ！　もう！　気味がわるい！……。
オリガ　夕食は七面鳥の丸焼きに甘いアップル・パイですからね。やれやれ、今日は一日家にいられる、夜も家……。みなさん、夕食にいらしてくださいね。
ヴェルシーニン　私も夜お邪魔してよろしいですか。
イリーナ　どうぞ、どうぞ。
ナターシャ　お宅って、気さくなんですね。
チェブトゥイキン　「この世に生を享けしは、ただ恋せんがため！」だよ。（笑う）
アンドレイ　（腹立たしげに）もう、いい加減にしてください！　よくもまあ、懲りない人たちだ。

フェドーチクとロデーが花の入った大きな籠《かご》を抱えて登場。

フェドーチク　おや、もう食事がはじまってるぞ。
ロデー　（舌っ足らずの大声で）はじまってる？　おや、本当だ、もうはじまってる……。
フェドーチク　ちょっと待った、まず一枚！　（写真を撮る）はい、チーズ！　もう一枚……。（もう一枚写真を撮る）はい、チーズ！　これで準備完了！

籠を持って、広間に入っていくと、やんやの喝采で迎えられる。

ロデー　（大きな声で）おめでとう。どうかお仕合わせに！　今日は天気も上々。まさに申し分なしですね。今日は午前中ずっと中学生と歩きまわってきました。ぼくは中学で体操を教えているんです……。

フェドーチク　動いていいですよ、イリーナさん、構いませんよ。（写真を撮りながら）すてきですよ、今日も。（ポケットから独楽《こま》を取り出して）さあ、どうぞ、独楽です……。おもしろい音を立てますよ……。

イリーナ　まあ、すてき！

マーシャ　入江のほとりに、緑なす樫の木ひとり、黄金の鎖をその身にまとい……。黄金の鎖をその身にまとい……。（泣き出しそうになって）どうしてこんな言葉が口をついて出るのかしら？　朝からこの言葉が頭にこびりついて離れない……。

クルイギン　なんと、テーブルに十三人！

ロデー　まさか、そんなの迷信ですよ。

一同、どっと笑う。

クルイギン ひとつのテーブルに十三人の人間がいるとすれば、このなかに恋をしている人がいるってことだ。ひょっとして、チェブトゥイキンさん、あなたじゃありませんか?

一同、どっと笑う。

チェブトゥイキン まさか、この老いぼれが。いや、いや、ナターシャさんが赤くなったぞ、どうしてかなあ。

一段と大きな笑い声。ナターシャ、広間から走り出てくる。そのあとからアンドレイ。

アンドレイ だいじょうぶですよ、あんなの気にすることなんかありません! 待ってください……ちょっと待って、お願いです……。

ナターシャ あたしきまりがわるくって……。自分でも何がなんだか分からないの、でもあの人たち、あたしのことを小馬鹿にして。そりゃあ、テーブルを立って出てきたことははしたないかもしれないけれど、あたし、我慢できなくって……。（両手で顔をおおう）

アンドレイ ナターシャさん、どうかお願いです、そんなに癇癪《かんしゃく》をおこさないで。連中、悪気があってやってるんじゃないんです。ねっ、ナターシャさん、みんな思いやりのある、やさしい人たちで、ぼくのこともあなたのことも愛してくれているんです。こちらにいらっしゃい、この窓のところに。ここだと連中には見えませんから……。（あたりをうかがう）

ナターシャ あたし、人前に出るのに慣れていないのよ！

アンドレイ うぶなんだなあ、なんて純情なんだろう！ ねっ、ナターシャさん、そんなに癇癪をおこさないで！ ぼくのことを信じて、ねっ……。うれしいな、ぼくは、ぼくの心はあなたを愛する気持ちとその歓びでいっぱいだ……。だいじょうぶ、誰も見てやしません！ どうしてぼくはあなたに恋したんだろう、恋をするともう何も分からなくなった。ナターシャさん、ね、ナターシャさん、ぼくの妻になってください！ 愛してます、愛してます……こんなに人を好きになったのは、あなたがはじめて……。

二人のキス。

二人の将校が入ってきて、キスをしている男女を目にすると、びっくりして立ち止まる。

幕

第二幕

第一幕と同じ装置。
夜の八時。舞台裏の通りから、かすかにアコーディオンの音が聞こえる。蠟燭《ろうそく》の火は消えている。部屋着姿のナターシャが蠟燭を持って登場。舞台を進んで、アンドレイの部屋に通じるドアの前で立ち止まる。

ナターシャ　アンドレイ、何なさってるの。本でも読んでらっしゃるの。べつに、何でもないの、ちょっと訊《き》いてみただけ……。（さらに進んで、別のドアを開けてなかをのぞき込み、また閉める）火はだいじょうぶかしら……。
アンドレイ　（片手に本を持って登場）どうかしたのか、ナターシャ。
ナターシャ　火が消えてるかどうか気になって……。ちょうど謝肉祭で、使用人たちの気もそぞろでしょ、だから手抜かりがないか注意しなくちゃいけないの。きのうだって夜中に食堂に入ってみると、まだ蠟燭の火がついてるじゃない。誰が火を灯したのか、結局分からずじまい。（蠟燭を置いて）何時かしら？

アンドレイ　（時計をのぞいて）八時十五分。

ナターシャ　オリガもイリーナもまだなの。帰ってないの。まだお仕事なんだわ、かわいそうに。オリガは先生たちの会議で、イリーナもまだ電信局……。（溜息をつく）今朝もあたし妹さんに言ったの、「体に気をつけてね」って。でも、聞くような人じゃないでしょ、あの人。八時十五分って言ったわよね。あたし、心配だわ。うちのボービクの具合がよくないの。どうしてあんなに体が冷たいのかしら。きのうは熱があったのに、今日は体中冷たいの……。あたし、心配だわ！

アンドレイ　だいじょうぶだよ、ナターシャ。子供は元気だ。

ナターシャ　でも、やっぱり食事療法をやったほうがいいのかしら。心配なの。それに今日九時すぎに謝肉祭の仮装の人たちがやって来るっていうじゃない。来ないでくれるといいんだけど。

アンドレイ　ぼくは知らないんだ、本当に。でも、呼んだんだろ、うちが。

ナターシャ　今日うちの坊やったら、朝目を覚ますと、あたしを見てにっこりしたの、分かるのね。「ボービク、おはよ、ボービクちゃん、おはよ」と言うと、声をたてて笑うの。子供って分かるのね、何でも分かるのよ。だから、ね、アンドレイ、あたし、仮装の人は来ないでほしいって、言おうと思うの。

アンドレイ　（煮え切らないようすで）でも、それは姉さんたちが決めたことだし。なんたって、この家のあるじだからね。

ナターシャ　お姉さまたちだって同じ気持ちよ、あたし、お姉さまたちにも言うわ。お姉さまたちも分かってくださるわ……。（歩いて行く）晩ご飯にはヨーグルトを出すよう指図しておきましたからね。医者《せんせい》の話だと、あなた、ヨーグルトしか食べてはいけませんって、そうしないとやせられないわよ。（立ち止まる）ボービクの体が冷たいのよ。あの子の部屋が寒いんじゃないかしら、きっとそうよ。暖かい季節になるまで、べつの部屋に寝かせなくちゃならないわね。そうね、イリーナの部屋なんかが坊やにはちょうどいいわ。湿気はないし、一日中、日が入るし。イリーナに言ってみる。当分オリガと一緒の部屋でもかまわないじゃない……。どうせ昼間は家にはいなくて、夜、寝に帰るだけだもの……。

　間。

アンドレイ　アンドレイ、ずうっと黙ってらっしゃるけど、どうして？

ナターシャ　うん、ちょっとべつのことを考えていてね……。それに何も話すことないし……。

アンドレイ　ふーん……あなたに、何か話さなきゃならないことがあったんだけど……。ああ、そうそう、郡会からフェラポントが来て、向こうで待ってるわ、ご用があるんですって。

アンドレイ　（欠伸《あくび》をする）ここに呼んでくれ。

　ナターシャ、退場。アンドレイはナターシャが置き忘れていった蠟燭の上にかがみ込んで、本を読む。フェラポント、登場。古いボロボロの外套《がいとう》姿。襟を立て、耳には耳当てをしている。

やあ、お前さんか。何の用だい？

フェラポント　議長さんが帳簿となんだか書類をお届けしろっておっしゃるもんで。

これですが……。（帳簿と紙包みを渡す）

アンドレイ ご苦労さん。そうかい。でも、なんだって、こんなにおそくに？ もう八時すぎじゃないか。

フェラポント なんです？

アンドレイ （大きな声で）来るのがおそいね、もう八時すぎだ——そう言ったんだよ。

フェラポント その通りで。こっちに伺いましたときには、まだ日もあったんですが、通していただけなかったもんで。旦那さまはお取り込み中だって話で。そんじゃ、仕方あるめえ。お取り込み中だってんなら仕方ねえ、わしはべつに急ぐとこもあるわけでねえし。（アンドレイが何か訊《たず》ねていたことを思い出して）なんです？

アンドレイ なんでもないよ。（帳簿をながめて）明日《あした》は金曜日で会議はないが、でも、同じことだ、出かけることにしよう……。仕事でもするさ。家にいたってつまらないし……。

間。

なあ、じいさん、人生って、おかしなもんだなあ、とんでもないだまし討ちを食わせるもんだ。今日退屈まぎれに、何もすることがないものだから、この本を取り出してみたんだがね——古い大学の講義録だよ、すると自分でもなんだかおかしくなってねえ……。なんの因果かね、いまぼくは郡会の書記だ。あのプロトポーポフが議長をしている郡会の書記風情だ。ところが、ぼくの望みというのが、郡会の理事になるってことなんだからなあ！　このぼくがここの郡会の理事になりたいというんだからなあ！　末はモスクワ大学の教授、ロシアが誇る有名な学者になることを毎晩夢見ていた、このぼくがだよ！

フェラポント　わしには、分かりません……。耳がわるいもんで……。

アンドレイ　お前の耳がちゃんと聞こえるんだったら、ぼくは話なんかしやしないさ。でも、ぼくは誰かに話を聞いてもらいたいんだ、カミさんはてんで分かっちゃくれないし、姉さんたちは何だか怖くってね、ぼくのことを笑ってるんじゃないか、恥じてるんじゃないかと思ってね……。ぼくは酒はやらんし、居酒屋なんてところは好きじゃないが、今ごろモスクワのテストフの店かグランド・モスクワ・レストランなんかにしけ込んでいられたら、さぞかし愉しいだろうな。

フェラポント　最近郡会で、ある請負人の男から聞いた話ですがね、なんでもモスクワじゃ、何とかっちゅう商人がパンケーキを食ったとかで、ひとりで四十枚も食った男がおっ死《ち》んじゃったって話ですね。四十枚だか五十枚だか、そこんとこは、憶えとりませんが。

アンドレイ　モスクワのレストランの大広間かなんかに、こう座っているわけだ。知り合いがいるわけでもないし、むこうもこちらのことを知りはしないんだが、何だか自分がよそ者の気がしないんだなあ。ところが、この町ときたら、見知った人間ばかりで、むこうもぼくのことを知ってるんだが、よそ者でしかないんだ……。よそ者で、ひとりぼっち。

フェラポント　なんです？

間。

これも、さっきの請負人の話ですと、いやあ、こりゃあ嘘っぱちかもしれませんが、モスクワじゃ、端から端まで縄が張ってあるってことですね。

アンドレイ　なんのために？

フェラポント　わしには分かりません。請負人の話だもんで。

アンドレイ 嘘八百さ。(本を読む) お前さん、モスクワに行ったことあるかい?

フェラポント (間をおいてから) ねえですね。神様のおぼしめしでしょうね。

間。

帰っても、いいですか?

アンドレイ ああ、いいよ。達者でな。

フェラポント、退場。

達者でな。(本を読みながら) 明日《あす》の朝、ここに寄って、この書類を持って行ってくれ……。じゃあ、お帰り……。

間。

帰っちまったか。

呼び鈴の音。

あーあ、厄介だぞ……。（伸びをして、とぼとぼと自分の部屋に戻る）

舞台裏で子供を寝かしつけようと、乳母が歌を歌っている。マーシャとヴェルシーニン、登場。二人が話に夢中になっているあいだに、小間使いがランプと蠟燭をともす。

マーシャ　さあ、どうしてかしら。

間。

どうしてでしょうね。たしかに、大いに習慣のせいかもしれません。父が亡くなってから、私たち、従卒がいない生活になかなか慣れませんでしたもの。でも、習慣をべつにしても、私のなかでは公正を求める気持ちが強いんです。よその町ではそうじゃないかもしれませんが、この町でいちばん真っ当で、誠実で、教養があるのは軍人さんたちですわ。

ヴェルシーニン　喉が渇いたな。お茶でもいただければいいんですが。

マーシャ（時計をのぞき込んで）じきに出してくれます。私が嫁に出されたのは十八のときで、ただただ夫が怖かったものです。だって、むこうは先生で、私はまだようやく学校を終えたばかりですもの。あのころ、主人は私の目には、すごい学者で、頭もよくて、立派な人物に見えました。でも、今じゃおおちがい、残念ながら。

ヴェルシーニン　ええ……まあ。

マーシャ　主人のことはどうでもいいんです、もう慣れましたから。でも、文官の方のなかには乱暴で、ぶっきらぼうで、教養がない人が、どうしてこうも多いのかしら。乱暴な人を見ると、私、心おだやかでいられなくて、傷つけられたような気になります。デリカシーを欠いた人や、がさつな人、思いやりの足りない人を目にするたびに、いたたまれなくなるんです。主人の同僚の先生たちと同席しなければならないときなんか、もういたたまれなくって……。

ヴェルシーニン　なるほどねえ……。でも、文官であろうが軍人であろうが、どのみち同じであるような気がしますね。どちらも面白味に欠ける、少なくともこの町ではね。五十歩百歩ですよ！　文官でも軍人でもいいですから、ここのインテリっていう人たちの話を聞いてごらんなさい。奥さんに手を焼いているか、家のゴタゴタに巻き込まれているか、土地のことで手を焼いているか、馬に手を焼いているかって話ばかりだ……。ロシアの人間というのは考え方はえらく高尚なのに、実生活となると、どうしてこうも低級なのか、ひとつお聞きになってみるといいですよ。なぜでしょうね？

マーシャ　どうしてかしら？

ヴェルシーニン　どうして男は子供に手を焼き、奥さんに手を焼くのでしょう？　どうして奥さんや子供は、その男のことで難儀をするのでしょう？

マーシャ　今日は、少しご機嫌ななめなのね。

ヴェルシーニン　そうかもしれません。今日はお昼も食べてないし、朝から何も口にしてないんです。うちの娘がちょっと具合がわるいんです。娘が病気になるたびに、私はおろおろして、あんな母親を持たせてしまったと、心が痛むんです。ああ、あなたが今日の妻の形相をごらんになったら！　じつにくだらん女だ！　われわれは朝の七時からぎゃあぎゃあ口喧嘩をはじめ、九時に私はドアをばたんとやって、家をおん出てしまったんです。

間。

こんなことを私がお話しするのははじめてです。それに不思議なことですが、こんな泣き言をいえるのは、あなたしかいない。（マーシャの手にキスする）どうか、お許しを。私には、あなたしかいないんです、あなただけなんです……。

間。

マーシャ　どうしたのかしら、暖炉が騒々しいわ。父が亡くなる直前、煙突がごうごう音を立てていました。ちょうど、こんなふうに。

ヴェルシーニン　迷信ぶかいんですか、あなたは？

マーシャ　ええ。

ヴェルシーニン　似つかわしくないな。（手にキスをする）あなたは、じつに魅力的ですばらしい女性だ。ああ、なんて魅力的ですばらしい人なんだ！　ここは暗いけれど、あなたの目がキラキラ輝いているのが見えますよ。

マーシャ　（べつの椅子に座りなおす）もっとこちらのほうが明るくってよ……。

ヴェルシーニン 好きだ、愛してます……。この目、この身のこなし、いつも夢にあらわれるんです……。じつに魅力的ですばらしい女性だ！

マーシャ （小さな声で笑う）そんなふうにおっしゃると、なぜだか私、笑ってしまうの、ほんとは怖いのに。もうおっしゃらないで、お願い……。（小声で）でも、いいわ、おっしゃって。もう同じことですもの……。（両手で顔をおおって）もう、どうでもいいの。人が来ます、何かべつのお話をなさって……。

イリーナとトゥーゼンバフが広間を抜けて入ってくる。

トゥーゼンバフ ぼくの苗字は三つからできているんです。男爵《バロン》トゥーゼンバフ・クローネ・アルトシャウアーと呼ばれてますが、ぼくはロシア人で、あなたと同じ正教徒です。ドイツ人らしいところは少ししか残っていなくって、忍耐強いことと頑固なことぐらいのものでしょうね。それであなたを、うんざりさせているわけですが。こうして毎晩あなたを迎えに行っているくらいですからね。

イリーナ ああ、疲れたっ！

トゥーゼンバフ これからも毎日電信局にあなたを迎えに行って、家までお送りしますよ。これから十年も二十年も、あなたに追い返されないかぎり……。（マーシャとヴェルシーニンに気づく。うれしそうに）これは、どうも。こんばんは。

イリーナ やっと家に着いたわ。（マーシャに）今しがたある奥さんがやって来たの、サラトフのお兄さんに電報を打ちに。息子さんが亡くなったんですって。でも、どうしても住所が思い出せないのよ。それで仕方なく、宛先なしで送ったわ。ただ、サラトフだけでね。泣いてらしたわ。なのに、あたしったら、これという理由もないのに、「あたし時間がないんです、さっきからそう言ってるでしょ」って。きついこと言ったわ。バカなことしたわ。今日、うちに仮装の人たちが来るのよね？

マーシャ そうよ。

イリーナ （肘掛け椅子に腰を下ろして）ちょっと休ませて。ああ疲れた。

トゥーゼンバフ （笑みをうかべて）あなたが仕事から帰ってくると、恵まれない小さな女の子みたいに見えますよ……。

間。

イリーナ　疲れたわ。やっぱり、あたし、電信って嫌い、好きになれないの。

マーシャ　あなた、やせたわね……。（口笛を吹く）まるで小さな子供みたいよ。顔つきも男の子みたくなって。

トゥーゼンバフ　それは髪型のせいです。

イリーナ　べつの仕事を探すわ。今の仕事、あたしには合わない。あたしが望んで夢に見ていたものが、今の仕事にはないのよ。ポエジーも思想もない労働なんて……。

　　階下の床を足で打つ音。

医者《せんせい》が足で叩いている。（トゥーゼンバフに）返事してあげて……。あたし、力が出ないの……。疲れちゃって……。

　　トゥーゼンバフ、床を足で打つ。

今に上がって来るわ。先手を打って、こちらもなんか手を考えなくちゃ。きのうチェブトゥイキンさんとアンドレイがクラブに出かけて、またゲームで負けたんだって。アンドレイったら、二百ルーブルもすったらしいわよ。

マーシャ　（関心なさそうに）困った人ね。

イリーナ　二週間前も負けたし、十二月にも負けたんだって。そのうち全財産をすっちゃって、このままじゃ、この町から逃げだすのがオチだわ。あーあ、あたしったら毎晩モスクワの夢ばかり見て、取り憑《つ》かれたみたいなの。（笑い出して）あたしたち、六月にはモスクワに引っ越すのね、六月まで……二月、三月、四月、五月……まだ、ほとんど半年もあるんだ！

マーシャ　ナターシャだけには、負けたことは知られないようにしなくちゃダメよ！

イリーナ　あの女《ひと》、どうでもいいんじゃないかしら。

チェブトゥイキン、食後休んでいて、寝床から起き出したばかり。広間に入ってきて、顎鬚を整え、テーブルに着くと、ポケットから新聞を取り出す。

マーシャ　お出ましだわ……。あの人、部屋代払ったの？

イリーナ　（笑って）いいえ。この八カ月、一銭も。きっと、忘れてるのよ。

マーシャ　（笑って）見てよ、あの偉そうな座り方。

一同、大笑い。間。

イリーナ ヴェルシーニンさん、どうなさったの、押し黙って。

ヴェルシーニン いえ、なに。お茶がいただきたくって。一杯のお茶のためなら、命を半分投げ出したっていいくらいです。朝から何も口にしてないものですから。

チェブトゥイキン イリーナさん。

イリーナ なあに？

チェブトゥイキン ちょいと、こちらへ。ヴネ・ジン、どうぞ、こちらへ。

イリーナ、そちらに向かって、テーブルの前に座る。

あなたがいないと、私はひとりでは何もできない。

イリーナ、ペーシェンスのカードを広げる。

ヴェルシーニン どうです？ お茶も出ないようですから、ひとつ哲学談義でも。

トゥーゼンバフ いいですよ。テーマは？

ヴェルシーニン　テーマ？　そうですな、われわれがもういなくなった時代、二百年後、三百年後の生活というのは。

トゥーゼンバフ　そうですね。未来の世界では、人びとは気球に乗って飛びまわり、ジャケットの形も変わり、ひょっとすると、第六感なんてものを発見して、その能力を大いに発展させているかもしれません。でも、生活のほうは相も変わらず大変で、謎だらけで、それなりに仕合わせなものなんでしょうね。千年経ったって人間は相変わらず、「ああ、生きてくのがつらい！」と溜息をついてることでしょう。それに、死を怖がって、死ぬのをいとう気持ちも変わらないでしょうね。

ヴェルシーニン　（少し考えてから）さて、なんと言えばいいかな。私にはこの地上の一切は少しずつ変化していくにちがいない――そんな気がします。いや、すでにもう変わりはじめているのかもしれません。二百年か三百年も経てば、あるいは千年も経てば、いや問題は年数にあるんじゃない、未来には新しい、仕合わせな生活がきっと訪れる。その生活にわれわれが参加できないことはもちろんですが、私たちはその生活のために今を生きているのだし、仕事をし、苦しみ、それを作り出しているのです。この一点にこそ私たちの存在の意味がある。まあこう言ってよければ、私たちの仕合わせもあるのじゃないでしょうか。

マーシャ、小さい声で笑う。

トゥーゼンバフ　どうしました？

マーシャ　どうしたのかしら。今日は私、朝から笑ってばかりいるの。

ヴェルシーニン　私もあなた方と同じように向こうで教育を受けましたが、陸軍大学には進みませんでした。本はたくさん読みますが、本を選ぶすべを知らない。ことによると無用なものばかりを読んでいるのかもしれません。でも、長く生きれば生きるほど、もっとたくさんのことを知りたく思うんです。私は髪には白いものがまじり、年寄りと言ってもいいくらいですが、知ってることはほんのわずかです。ほとんど何も知らない。でも、肝心なこと、本当に大切なことは分かっている、よおく分かっている――そんな気がする。できることなら、あなた方に、仕合わせなんてものはないんだ、あるはずもないし、これからもありえないと証明して差し上げたいくらいです……。われわれがなすべきことは、ただひたすら仕事をすることであって、仕合わせなんてものは、ぼくらのはるかのちの人たちの取り分なのです。

間。

仕合わせになれるのは私ではなく、はるか先の子供たちでしょう。

フェドーチクとロデーが広間にあらわれる。二人は腰を下ろして、小さな声で歌を口ずさみながら、かすかにギターを奏でる。

トゥーゼンバフ あなたに言わせれば、仕合わせを夢見ることすら相成らんというわけですね。でも、ぼくが仕合わせだとしたら！

ヴェルシーニン ありえませんな。

トゥーゼンバフ （両手を掲げて打ち鳴らして、笑いながら）どうやら、ぼくたちは分かり合えないようです。さて、どう言ったらあなたに分かってもらえるのか？

マーシャ、小さな声で笑う。

（指を立ててマーシャを脅しながら）せいぜいお笑いなさい。（ヴェルシーニンに）二百年、三百年どころか、百万年経ったところで生活は昔のままでしょう。生活は変わりもせず、それ本来の法則にしたがうだけで、常住不変でしょう。その法則はぼくたちに関わりはないし、いや、ぼくたちにはけっして分かりっこない。たとえば、渡り鳥や鶴はああして飛び渡っていますが、彼らの頭のなかに高尚な、あるいはささいな目的が去来しようと、やはりそのまま飛びつづけ、どうして飛ぶのか、どこに飛んでいくのか知りえないでしょう。その鳥たちのなかにいかなる哲学がはぐくまれようが、ああして飛んでいるのだし、またこれからも飛びつづけるのです。御託をならべたいならどうぞご勝手に、私たちはただ飛びつづけるだけだってね……。

マーシャ　でも、それだって意味が？

トゥーゼンバフ　意味ですか……。いま雪が降っています。どんな意味があります？

間。

マーシャ　私思うんだけれど、人間は何かを信じているか、何か信じるものがなくてはならないのじゃないかしら。そうじゃないと、生きてるなんて空虚だわ……。

なんのために鶴は飛んでいくのか、なんのために子供が生まれてくるのか、なんのために空に星があるのか――生きていても、それが分からないんじゃ……。大事なのはなんのために生きてるのか、それを知ること。そうでなければ、なにもかも、どうでもいい塵介とおんなじよ。

間。

ヴェルシーニン　それにしても、若さが失われていくのは残念だなあ……。

マーシャ　ゴーゴリに、「諸君、とかくこの世に生きるのは退屈だ！」[7]って台詞《せりふ》があるわ。

トゥーゼンバフ　ぼくだったら、諸君、とかくあなたと議論するのは厄介だって言いますね。まったく、あなた方ときたら……。

チェブトゥイキン　（新聞を読みながら）バルザック、ベルジーチェフで結婚。[8]

イリーナ、そっと歌を口ずさむ。

手帖に書いておこう。（書き込む）バルザック、ベルジーチェフで結婚。（新聞を

読む）

イリーナ　（ペーシェンスのカードを広げ、考え込んで）バルザック、ベルジーチェフで結婚。

トゥーゼンバフ　ぼく、決断しました。マーシャさん、実はぼく、退役したんです。

マーシャ　聞いたわ。でも、そんなことして、何かいいことあるのかしら。私、文官って嫌いよ。

トゥーゼンバフ　どうでもいいんじゃないですか。（立ち上がる）ぼくは男ぶりもよくないし、どう見たって軍人じゃない。どうでもいいですよ、いずれにしてもね……。これからは、自分で働きます。人生で一日でもいい、夜、家に帰ってきて、くたびれはててベッドにどさりと倒れ込み、そのまま眠りこけられたらいい

7　ニコライ・ゴーゴリ（一八〇九〜一八五二）の『イワン・イワーノヴィチとイワン・ニキーフォロヴィチが喧嘩をした話』（一八三五）の結びの文句。

8　オノレ・ド・バルザック（一七九九〜一八五〇）がハンスカ夫人と結婚式を挙げたのは一八五〇年三月十四日のこと。チェブトゥイキンが取り出す新聞は、明らかに同時代のものではない。

だろうな。(広間のほうに向かう) 働いている人たちって、さぞかし、ぐっすり眠れるんだろうな。

フェドーチク (イリーナに) 今モスクワ通りのプイジコフの店で、あなたのために色鉛筆を買ってきました。それに、これが鉛筆削りのナイフ……。

イリーナ あなた、いつもあたしを小さな子供扱いなさるけど、あたしもう大人よ……。(色鉛筆とナイフを受け取ると、うれしそうに) まあ、すてき!

フェドーチク 自分用にもナイフを買ったんです……。まあ、見てください……。これでしょ、それにもう一本、さらにもう一本。これは耳をかくためので、こっちのは爪を揃えるため……。

ロデー (大きな声で) 先生、お幾つになられました?

チェブトゥイキン 私かね? 三十二だ。

笑い声。

フェドーチク ぼくがまた別のペーシェンスを見せてあげましょう……。(ペーシェンスのカードを広げる)

サモワールが運び込まれる。アンフィーサ、サモワールを前に甲斐甲斐しく立ち働いている。しばらくするとナターシャがやって来て、同じようにテーブルの支度をする。ソリョーヌイがやって来て、みんなに挨拶してテーブルの前に座る。

ヴェルシーニン それにしても、ひどい風だな。

マーシャ ほんと。冬なんてうんざり。私、今年がどんな夏だったか忘れてしまったわ。

イリーナ できたわ、ペーシェンス。これを見ると、あたしたちモスクワに帰れるのね。

フェドーチク いや、そうじゃない。ほら、8がスペードの2の上にあるでしょう。（笑う）つまり、モスクワには帰れないってことです。

チェブトゥイキン （新聞を読みながら）チチハル、当地で天然痘の猛威拡大。

アンフィーサ （マーシャのそばにやって来て）マーシャさん、お茶の支度ができました。（ヴェルシーニンに）あなたさまもどうぞ……申し訳ありません、ついお名前を思い出せませんで……。

マーシャ こちらに運んでくれない？ そこまで行きたくないの。

イリーナ　ねえ、ばあや！

アンフィーサ　はい、ただいま。

ナターシャ　（ソリョーヌイに）赤ん坊ってなんでも分かるのね。「ボービク、おはよう。ご機嫌よう」って声をかけると、あの子ったら、何だか特別な目であたしを見るの。親ばかな母親のうぬぼれだとお思いになるかもしれないけれど、そうじゃないの、ほんとうよ。あの子、特別なのよ。

ソリョーヌイ　もしそれがぼくの子供だったら、フライパンで炒めて、平らげてやりますね。（グラスを持って客間に行って、部屋の隅に腰を下ろす）

ナターシャ　（両手で顔をおおって）野蛮で教養のない人！

マーシャ　今が夏か冬かなんて気にもならない人って仕合わせよ。もし私がモスクワに暮らしていれば、お天気のことなんか気にもとめないわ。

ヴェルシーニン　数日前、監獄で書かれたという、あるフランスの大臣の日記[9]を読んだのですがね。その大臣はパナマ事件で罪に問われた人物です。彼は監獄の窓から見えた小鳥のことを、いつくしむように、感激して語っているんです。以前自分が大臣であったときには気にもとめなかった小鳥のことですよ。今ではその大臣は自由の身になっているんですが、もう以前と同じように小鳥のことなんか眼中にないんでしょうね。これと同じで、あなただってモスクワで暮らすようになれば、そんなことは気にとめなくなるんですよ。私たちには仕合わせなんてものはないし、ありようもない。ただそれにあこがれるだけです。

トゥーゼンバフ　（テーブルから箱を取り上げて）おや、飴玉がないぞ。

イリーナ　ソリョーヌイさんが食べてしまったの。

トゥーゼンバフ　全部？

アンフィーサ　（お茶を給仕しながら）あなたさまにお手紙が来ております。

ヴェルシーニン　私に？（手紙を取る）娘からだ……。（読む）なるほど、ふむ、ふむ……。あの、マーシャさん、申し訳ありません、私、こっそりおいとまします。お茶をいただいているわけにはいかない。（慌ただしく立ち上がる）いつまで、こんなことがつづくんだ……。

9　一八九二年フランスで起きたパナマ事件に連座した公共事業大臣バイオ（一八四三〜一九〇五）の日記を指す。収賄のかどで逮捕された彼は出獄後、一八九八年に『囚人の手記』を発表した。自由な小鳥のくだりは、一八九三年二月の記述に見える。

マーシャ　どうなさったの？　話せないこと？
ヴェルシーニン　（小声で）家内のやつ、また毒をあおったんです。行かなくては。こっそり出ていきます。それにしても、まいったなあ、まったく。（マーシャの手にキスをする）ああ、なんと魅力的ですばらしい女性なんだ……。じゃあ、私はここから、こっそり……。（退場）
アンフィーサ　あの方どちらへ？　お茶を差し上げましたのに……。やれやれ。
マーシャ　（腹を立てて）ほっといてよ！　うるさく言うから、気も休まらないじゃない……。（カップを持ってテーブルに向かう）もううんざりよ！
アンフィーサ　なんですね、そんなにプリプリなさって？

「アンフィーサ！」と呼ぶアンドレイの声。

（口まねをして）アンフィーサ！　座ったままで、動こうともしなさらん……。
（退場）
マーシャ　（広間のテーブルの前で、苛立って）ちょっとどいてよ！（テーブルの上のカードをかき混ぜる）なによ、カードなんか広げて座りこんで！　お茶でもお飲

　みなさいよ！

イリーナ　マーシャったら、いじわるね。

マーシャ　私がいじわるなら、話しかけないで。そっとしておいてちょうだい。

チェブトゥイキン　（笑いながら）おお、くわばら、くわばら……。

マーシャ　あなた、もう六十になるんでしょ。それなのに、いつも子供みたいに、わけの分からないことをほざいてばっか。

ナターシャ　（溜息をついて）ねえ、マーシャ、そんな言葉づかい、はしたないわ。あなた美人なんだし、この際だからはっきり言わせてもらうわ。上品な社会でそんな言葉を使ったら、あなたの魅力が台なしよ。「ゴメン・コムテ・マリー、デモン・チット・オギョギ・イケネ・ブサフォール」[10]

トゥーゼンバフ　（必死に笑いをこらえて）すまないが……どうか、どうか一杯、ひっかけさせてくれ……たしか、そこにコニャックがあったはずだ……。

10　原文はフランス語で以下のとおり。Je vous prie, pardonnez moi, Marie, mais vous avez des manières un peu grossières.（わるいけれど、マリー、あなた、お行儀がわるくってよ）

ナターシャ　「カモシレン・モン・ボービク・スデニ・ネテネーズラ」[11]。お目覚めのようだわ。今日、あの子、具合がわるいの。あの子のところに行ってやります、ごめんあそばせ。（退場）

イリーナ　ヴェルシーニンさん、どちらにいらしたの？

マーシャ　お帰りになったわ。奥さんがまた悶着起こしたらしいの。

トゥーゼンバフ　（手にコニャックのデカンタを持って、ソリョーヌイに歩み寄る）君はいつだってひとりで何か考え事をしてますね。何を考えてるのか知らないけれど。さあ、ひとつ仲直りのしるしに、コニャックでもどうです。

二人で飲む。

今日ぼくは一晩じゅうピアノを弾かされるんだ。おそらくなんのかんのと弾かされるんだろうな……。まあ、どうとでもなれだ。

ソリョーヌイ　どうして仲直りなんかする必要があるんだ？　君とは仲違《なかたが》いはしてないはずだが。

トゥーゼンバフ　君はいつだって、ぼくとのあいだにわけありって感じを起こさせるんだ。正直言って、君は少々変わっているね。

ソリョーヌイ （朗々と）いかにもぼくは変人だ、だが変人でない者がどこにいる！[12]

怒るでない、アレーコよ！[13]

トゥーゼンバフ あれあれ、またアレーコだなんて……。

間。

ソリョーヌイ ぼくは誰かと差しでいる分には、みんなと同様、なんでもないんだが、大勢のなかにいると気が滅入って、引っ込み思案で……つい下らんことをまくし立てる。だが、連中よりはるかにぼくは誠実だし高潔だ……。なんなら、証明し

11 原文はフランス語で以下のとおり。Il parait, que mon Bobik déjà ne dort pas.（うちのボービクがお目々を覚ましたようだわ）

12 アレクサンドル・グリボエードフ（一七九五～一八二九）の戯曲『智恵の悲しみ』（一八二五）第三幕第一場の主人公チャーツキーの台詞。

13 アレーコはプーシキンの叙事詩『ジプシー』（一八二四）の主人公の名。該当する台詞は『ジプシー』のなかにはない。

て見せたっていい。

トゥーゼンバフ　ぼくはしょっちゅう君に腹を立てているし、君は君で、大勢のなかにいると、しじゅうぼくに絡んでくるけれど、それでもどういうわけか、ぼくは君のことが嫌いじゃない。まあ、どうとでもなるさ、今日は飲むぞ。さあ、飲もう！

ソリョーヌイ　よかろう。

　二人で飲む。

なあ、男爵、ぼくはこれまで一度も君に恨みを持ったことはない。しかし、ぼくにはレールモントフ[14]的なところがあるんだ。（声をひそめて）顔だって少し似ている……そうよく言われる……。（ポケットから香水の小瓶を取り出し、両手に振りかける）

トゥーゼンバフ　これでぼくも退役だ、やれやれってとこだ。五年間考えあぐねて、ようやく決心した。これからは普通に働くんだ。

ソリョーヌイ　（朗々とした口調で）怒るでない、アレーコよ……。おのが夢想をな忘れたまいそ……。

二人が話しているあいだに、アンドレイは本を持って登場し、こっそり蠟燭の灯《あか》りのもとに腰を下ろす。

トゥーゼンバフ　働きますよ、ぼくは……。

チェブトゥイキン　（イリーナと客間に入ってきながら）そのご馳走というのが、また正真正銘のカフカス式でね。玉葱のスープに、焼き肉はチェハルトマーです。

ソリョーヌイ　チェレムシャーは肉なんかじゃなくって、わが国の玉葱に似た植物だ。

チェブトゥイキン　悪いが、そうじゃない。チェハルトマーは玉葱なんかではなく、羊の焼き肉なんだ。

ソリョーヌイ　いいですか、チェレムシャーは玉葱だ。

チェブトゥイキン　いいかね、チェハルトマーは羊肉だ。

14　ミハイル・レールモントフ（一八一四～一八四一）はロシアのロマン派を代表する詩人。現実に深く幻滅し、孤高の精神を謳った詩人として知られる。

ソリョーヌイ　分からん人だなあ、チェレムシャーは玉葱だと言ってるんです。

チェブトゥイキン　君と言い争っても仕方ない。君は一度だってカフカスには行ったこともなかろうし、チェハルトマーも食べたことがないだろう。

ソリョーヌイ　食べたことはない、あれは我慢なりませんからね。チェレムシャーはニンニクみたいに嫌な臭いがする。

アンドレイ　（拝むように）いい加減にしてください！　お願いですから！

トゥーゼンバフ　仮装の人たちはいつ見えるんです？

イリーナ　九時ごろって話よ、そろそろだわ。

トゥーゼンバフ　（アンドレイを抱きすくめて）おお、わが家、ぼくのわが家よ、新しいぼくのわが家……。

アンドレイ　（踊りながら歌う）楓《かえで》の木で作った、新しいわが家……。

チェブトゥイキン　（踊る）格子作りのー！

笑い転げる。

トゥーゼンバフ　（アンドレイにキスする）さあ、飲みましょう、アンドレイ、堅っ苦しいことはぬきで。ぼくも君と一緒に行きますよ、モスクワへね、モスクワの大学に。

ソリョーヌイ どっちの大学だ？ モスクワには大学が二つある。

アンドレイ モスクワにある大学は一つっきりだよ。

ソリョーヌイ いや、二つだ。

アンドレイ なら、三つだってかまやしないさ。それがいいなら。

ソリョーヌイ モスクワには大学が二つある。

不平と「シーッ」となだめる声。

モスクワには大学が二つある。古いのと新しいのと。もし、君たちが聞く耳を持たず、ぼくの言い草が気に障るなら、ぼくは黙っていたってかまやしない。向こうの部屋に退散したっていい……。（ドアを開けて、別室に退場）

トゥーゼンバフ やれやれ、これで一件落着！ みなさん、さあ、はじめてください。

---

15 舞踊とともに歌われたロシアの民謡。

ぼくは座ってピアノを弾きます！　滑稽《こっけい》なやつだな、ソリョーヌイって男は……。

（ピアノの前に腰を下ろして、ワルツを弾く）

マーシャ　（ひとりでワルツを踊る）男爵《バロン》がベロン、バロンがベロン。バロンがベロンでベロンベロン。

ナターシャ、登場。

ナターシャ　（チェブトゥイキンに）チェブトゥイキンさん！（何やらチェブトゥイキンに耳打ちすると、こっそり出ていく）

チェブトゥイキン、トゥーゼンバフの肩を突《つ》いて、何やら耳打ちする。

イリーナ　どうかしたの？

チェブトゥイキン　そろそろおいとまの時間のようだ。ご機嫌よう。

トゥーゼンバフ　お休みなさい。退散しましょう。

イリーナ　どうしたの……。仮装の人たちは？

アンドレイ　（困り果てて）仮装の人たちはやってこない。うちのナターシャが言ったように、ボービクの加減がわるいんだ、それで……。要するに、ぼくの知ったことじゃない。はっきり言って、ぼくにはどうでもいいんだ。

イリーナ　（肩をすくめて）ボービクの加減がわるいんですって！

マーシャ　触らぬ神に祟《たた》りなしだわ！　きっと、追い出されるのがオチよ、退散しましょ。（イリーナに）病気なのはボービクじゃなくて、あの女よ……。これだからね！（と指で額をはじく）いけ好かない女っ。

アンドレイは右手のドアから自室に退場。チェブトゥイキン、そのあとからついて出ていく。広間ではいとまごいをする人たちの声。

フェドーチク　残念だなあ！　ここで夜を過ごすつもりだったのに、でも、坊やが病気なら、仕方ないな……。あした坊やにおもちゃでも持って来てやろう。

ロデー　（大声で）ぼくなんか、今日、たっぷり寝だめをしておいたんだぜ。一晩中、踊り明かすつもりでさ。まだ、九時じゃないか。

マーシャ　外に出ましょ、そこで相談しましょ。どうするか決めましょうよ。

「さようなら。ご機嫌よう」という声が聞こえる。トゥーゼンバフの朗らかな笑い声。全員が退場。アンフィーサと小間使いの女がテーブルの上を片づけ、蠟燭の灯りを消す。乳母が子供をあやす歌声が聞こえる。外套を着込んで帽子をかぶったアンドレイがチェブトゥイキンと連れだって、こっそり登場。

チェブトゥイキン 私は結局結婚できなかったがね、それは人生が稲妻のように一瞬またたいて終わったせいもあるが、君のお母さんに恋いこがれていたためでもある。夫のある身ではあったがね。

アンドレイ 結婚なんかするもんじゃありませんよ。第一、退屈ですからね。

チェブトゥイキン そりゃそうだろうが、淋しいものだぞ。なんのかのと言ったって、独り身ってのは、君、恐ろしいものだぞ……。まあ、実際のところ、どうでもいいがね。

アンドレイ 早く行きましょう。

チェブトゥイキン そんなに焦ることはないさ。間に合うよ。

アンドレイ 心配なんですよ、ナターシャに引き止められやしないかって。

チェブトゥイキン　そういうことか！

アンドレイ　今日はぼく、ゲームはやらずにただ座っているだけですからね。気分がすぐれなくって……。どうしたものでしょうね、先生、息切れがするんです。

チェブトゥイキン　私にそんなこと聞くもんじゃない。何も憶えておらんよ。知らんね。

アンドレイ　台所を抜けて行きましょう。

二人、退場。呼び鈴を鳴らす音。さらにもう一度呼び鈴の音。人声や笑い声が聞こえる。

イリーナ（登場して）なんなの？

アンフィーサ（小声で）仮装の人たちです。

呼び鈴の音。

イリーナ　お伝えして、うちには誰もおりませんって。よく、お詫びするのよ。

アンフィーサ、退場。イリーナは考え事をして部屋を歩き回る。気をもんでいるようす。ソリョーヌイ、登場。

ソリョーヌイ　（怪訝《けげん》な顔で）誰もいない……。みんなどこへ行ったんだ？

イリーナ　お帰りになったわ。

ソリョーヌイ　おかしいなあ。あなた、おひとりですか？

イリーナ　ええ。

間。

あなたもお帰りください。

ソリョーヌイ　先ほどは失礼しました、われながらはしたないまねをして。でも、あなたはほかの連中とはちがう。あなたは上品でけがれがないから、本当のことがお見えになるでしょう……。あなただけです、ぼくのことを理解できるのは。好きです、好きでたまらないんです……。

イリーナ　さようなら。お帰りになって。

ソリョーヌイ ぼくはあなたなしでは生きていけないんだ。(イリーナのあとについていく)なんて、神々しいんだろう! (涙声で)ぼくの仕合わせ! みやびやかで神々しく、すばらしい目。こんな目をした女性に、これまでぼくはお目にかかったことがない……。

イリーナ (冷たく)もうそれ以上お話しにならないで。

ソリョーヌイ あなたに愛を打ち明けるのははじめてで、なんだかぼくは地上ではなく、どこかほかの天体にいるような気持ちです。(額をぬぐって)まあ、そんなことはどうでもいい。無理に好きになってくれとは言えません、そりゃあもちろんです……。でも、ぼくは許しませんからね、恋敵が仕合わせになるなんて……。断じて、許さない……。本当ですよ、ぼくはそいつにピストルの弾を撃ち込んでやる……。ああ、すばらしい人だ!

ナターシャが蠟燭を持って通り過ぎる。

ナターシャ (次々とドアをのぞき込んで、夫の部屋に通じるドアの前を通りかかる)アンドレイはお部屋ね。本を読んでるんだったら、そのままにしておこう。あら、ソリョーヌイさん、ごめんなさい、ここにいらっしゃるとは気づかないで。あたし、こんな部屋着の恰好で……。

ソリョーヌイ　ぼくには、どうでもいいことだ。では、失礼。（退場）

ナターシャ　疲れてるのね、かわいそうに。（イリーナにキスをする）早く休んだほうがいいわ。

イリーナ　ボービクはおねんねなの？

ナターシャ　ええ、寝ているわ。でも、寝付きがわるいのよ。ちょうどいい機会だわ、実は話したいことがあったの。でも、あなたいつも家にいないでしょ、それで機会がなくて……。今の子供部屋って、ボービクには寒くてじめじめしてるのよ。そこへいくと、あなたの部屋は子供部屋に打ってつけなの。ねえ、しばらくのあいだ、オリガの部屋に移ってくださらない。

イリーナ　（なんのことか分からず）どこへ、なんのこと？

鈴の付いた三頭立ての馬車がやってくる音が聞こえる。

ナターシャ　あなた、オリガと一緒に暮らせばいいじゃない、しばらくのあいだよ、それであなたの部屋をボービクの部屋にするの。あの子、とってもかわいくって、今日もあたしが「ボービクちゃん」って話しかけると、あの子ったら、かわいいお目々であたしのこと見てるのよ。

呼び鈴の音。

きっと、オリガだわ。ほんと、おそいお帰りね。

小間使いがナターシャのところにやってきて、何やら耳打ちをする。

プロトポーポフさんが? 変な方ねえ。プロトポーポフさんがお見えになって、あたしに馬車で繰り出しませんかって、おっしゃってるんですって。(笑い声を立てる)おかしいわね、男の方って……。

呼び鈴。

まだ鳴らしてるわ。出かけてこようかしら、十分かそこらのことだもの……。(小間使いに)ただ今まいりますとお伝えして。

呼び鈴。

また鳴らしてる……今度こそオリガよ……。（退場）

小間使い、小走りに駆けていく。イリーナ、座り込んで、考え込む。クルイギンとオリガ、そのあとからヴェルシーニンが登場。

クルイギン　おや、これはまたどうしたことだ。ここでパーティがあると聞いたのに。

ヴェルシーニン　おかしいな、ほんの少し前、三十分ばかり前にぼくがここをおいとましたときには、みなさん仮装の人たちをお待ちだったんですがねえ……。

イリーナ　みなさんお帰りになったわ。

クルイギン　マーシャも帰ったの？　どこへ行ったの？　それに、下でプロトポーポフが馬車で待ってるが、何の用なんだ？　誰を待ってるのかな？

イリーナ　そんなに次から次へと質問ばかりしないでよ……。あたし疲れてるんだから。

クルイギン　あれあれ、ご機嫌ななめだね。

オリガ 学校の会議が今終わったところ。もうくたくた。校長が病気でしょ。それで私がその代理なの。頭が痛いわ、ずきずきする……。（腰を下ろす）きのうアンドレイがカードで二百ルーブル負けたんですって……。町中その話で持ちきりよ……。

クルイギン ああ、私も会議で疲れましたよ。（腰を下ろす）

ヴェルシーニン 家内が私への当てつけで、あわや服毒自殺を図るところでした。なんとか無事に収まって、まあこれでひと安心です……。でも、やはりおいとましなければならんのでしょうね？ やむをえませんな、それではまた。クルイギンさん、一緒にどこかに繰り出しませんか。私は家にはいられない、まっぴらごめんだ……。ねえ、出かけましょうよ。

クルイギン くたびれました。出かけるのはよします。（立ち上がる）くたびれました。うちのやつは家に帰ったの？

イリーナ そうでしょ。

クルイギン （イリーナの手にキスをする）それじゃ。明日《あす》、あさっては、羽が伸ばせる。それじゃ、ご機嫌よう。（行きかけて）それにしても、お茶が飲みたいな。今夜は気の置けない仲間と一晩すごす気でいたのに――、キケロ曰く、「ファラーケム・ホミヌム・スペム」[16]、つまり「おお、人の夢のはかなさよ！」ってわけですな。感嘆文では直接目的格の使用に注意すること。

ヴェルシーニン　こうなれば、ひとりで出かけるほかないな。（口笛を吹きながらクルイギンと退場）

オリガ　あーあ、頭が痛い……。アンドレイがゲームで負けたというし……町中、その話でもちきり……。もう、休むわね。（行きかけて）明日は仕事はないから……ほんとに助かるわ。明日もあさっても仕事はないし……。それにしても、頭が痛い……。（退場）

イリーナ　（ひとりぼっちになって）みんな行ってしまった。あたし、ひとりだけ。

通りでアコーディオンの音。乳母が子供をあやしながら歌を歌っている。

ナターシャ　（毛皮のコートに帽子のいでたちで広間を通っていく。そのうしろを小間使いが追いかける）三十分したら戻るからね。ちょっと馬車で走ってくるだけ。（退場）

イリーナ　（ひとりぼっちになって、募る思いで）モスクワへ、モスクワへ、モスクワヘ！

幕

16 Fallacem hominum spem! ラテン語。意味は本文に組み込んだとおり。

第三幕

オリガとイリーナの部屋。左右にそれぞれの寝台があって、あいだを衝立《ついたて》が仕切っている。夜中の二時すぎ。舞台裏ではかなり前に発生した火災を知らせる半鐘が鳴り響いている。家のなかではまだ誰も眠りに就いていないようす。長椅子には例によって黒い服を着たマーシャが横になっている。オリガとアンフィーサ、登場。

アンフィーサ お子さんたち、今も階下《した》の階段のかげでへたり込んでいなさるんです……。「どうぞお二階へ、そうなさい、それがいいですよ」と言ったって、泣きじゃくるばかりで。「分からないの、パパがどこにいるか。火事で焼け死んだらどうしよう」、そう言いなさるばかりで。気が気じゃないんですね。庭先にも何人かいなさって……この人たちも着の身着のままで。

オリガ （棚から衣服を取り出して）この灰色のも持っていって……それから、これも……。このジャケットも……。このスカートも、持ってって……。ほんと、なんてことかしら。キルサーノフ横町なんて、どうやら全焼らしいわ……。これも持ってって……これも……。（アンフィーサの両腕に衣類を積み上げる）かわいそうに、ヴェルシーニンさんちの人たち肝をつぶしたのね……。お宅はすんでのところで全焼をまぬがれたけれど。ここに寝泊まりしていただきましょう……家に帰らせちゃダメよ……。かわいそうに、フェドーチクのところは丸焼けで、何も残ってないんだって……。

アンフィーサ オリガさん、フェラポントを呼んでもいいですか、ひとりで運ぶのは、とても……。

オリガ （呼び鈴を鳴らす）聞こえないんだわ……。（ドアに向かって）ちょっとこっちに来て、誰かいるんでしょう！

開け放したドア越しに、火事で真っ赤に染まった窓が見える。家の前を消防隊が駆け抜けて行く音が聞こえる。

怖いわ。もうダメ、私。

フェラポント、登場。

これ、下に運んでちょうだい……。下の階段のところにコロチーリンさんのお嬢さんたちがいらっしゃるから……これをお渡しして。それから、これも……。

フェラポント 承知しました。一八一二年にゃモスクワも丸焼けになったとです。[17] 難儀なこって。フランス人のやつら、おっ魂消《たまげ》たのなんのって。

オリガ さあさ、持ってって……。

フェラポント かしこまりました。（退場）

オリガ ねえ、ばあや、全部あげてちょうだい。私たち、何もいらないから、全部あげてちょうだい……。ああ、疲れた、立っているのもやっと……。ヴェルシーニンさんたち、家に帰しちゃダメよ。お嬢ちゃんたちは客間にお泊めして、ヴェルシーニンさんは階下《した》の男爵のお部屋に……。フェドーチクも男爵の部屋に、いえ、広間のほうがいいわ……。チェブトゥイキンさんときたら、これ見よがしに酔っ払って、もうぐでんぐでん、あの人のところに人を通しちゃダメよ。ヴェルシーニンさんの奥さんも客間でお休みいただきましょう。

アンフィーサ（ぐったりして）オリガお嬢さん、お願いです、あたしを追い出さないでください。追っ払わないでくださいまし。

オリガ　なにバカなことを言ってんの。誰もあなたを追い出しやしないわ。

アンフィーサ（オリガの胸に頭をあずけて）オリガさん、大事な大事なオリガさん、あたし、骨身も惜しまず働いとります、仕事をしとります……。めっきり体が弱くなったもんで、みんなしてこのばあやに、とっとと出ていけと言いなさる。でも、どこ行きゃいいんです？　どこに行けます？　八十になって。数えで言や、八十と二つのこの婆さんに……。

17　一八一二年、ナポレオンに率いられたフランス軍の侵攻を前に、モスクワが灰燼に帰したことを指している。

オリガ ちょっと座ってたら、ねばあや……。疲れたのね、かわいそうに……。（相手を座らせる）ちょっと休んでらっしゃい。その顔色ったらないわ！

ナターシャ、登場。

ナターシャ 向こうのみなさんの話だと、一刻も早く焼け出された人たちのために義《ぎ》捐《えん》組織を作りましょうって。もちろんよね。すてきな考えだわ。貧しい人たちに援助の手を差しのべるのは、金持ちの義務よ。ボービクとソーフォチカはすやすやおねむ、何事もないみたいに眠ってるわ。うちはもう人でいっぱい、どこ行ったってごった返してる。いま町ではインフルエンザが流行《はや》ってるでしょ、子供にうつらないかって、あたし心配だわ。

オリガ （その話も聞かないで）この部屋だと火事も見えないし、静かだわ……。

ナターシャ ほんと……。あたし、きっと、ひどい格好よね。（鏡の前で）ちょっと太ったって言われるけど、……そんなの嘘よね。全然そんなことないじゃない！マーシャは眠ってる。疲れたのね、かわいそうに……。（冷たくアンフィーサに）あたしの前で、よくもまあいけしゃあしゃあと座り込んでいられるもんだ！お立ちよ！　とっととお行き！

アンフィーサ退場。間。

オリガ　それにしたって、なんであんな年寄り置いとくの、料簡《りょうけん》が知れないわ！

ナターシャ　(面食らって)ごめんなさい、私にも分からないの……。

オリガ　いいのよ……。甘やかしすぎよ！　あたし、家のなかはきちんとしていたいの。余計な人間は必要ないの。(オリガの頬をなでる)かわいそうに、疲れてるのね！　うちの校長先生はお疲れね！　うちのソーフォチカが大きくなって中学校に上ったら、あたし、きっとあなたにビクビクするんだわ。

ナターシャ　ここに居たってなんの役にも立たないし。百姓なんだから村で暮らしゃいいのよ……。

オリガ　私、校長になんかなりませんっ。

ナターシャ　そんなこと言ったって、白羽の矢が立つに決まってるんだから。仕方ないわよ。

オリガ　お断りします。できないわ、私には……。そんなこと、私の身にはそぐわないし……。(水を飲む)さっきあなた、ばあやにとってもきつく当たったでしょ……。

私、そういうの、耐えられないの……目の前が真っ暗になったほど……。

ナターシャ（気をもんで）ごめんなさい、ごめんなさいね……。あなたにつらい思いをさせる気なんてなかったの。

マーシャが立ち上がって、クッションをつかむと、プリプリして出ていく。

オリガ 分かってもらえるかしら……私たち、ひょっとしたら、育てられ方が変だったかもしれないけれど、私、ああいうの耐えられないの。ああいう仕打ちを見ていると胸が締めつけられるようで、気が遠くなるの……。ただもう、滅入ってしまうの！

ナターシャ ごめんなさい、ほんとごめんなさいね……。（オリガにキスする）

オリガ それがどんなささいなことでも、乱暴な振る舞いや、繊細さを欠いた言葉を目にしたり耳にすると、はらはらどきどきしてくるの……。

ナターシャ あたし、しょっちゅう余計なおしゃべりしてるでしょ、それはほんとにそう。でもね、あのばあやなら、村で暮らせるはずよ、そうでしょう。

オリガ でももう三十年もうちにいるのよ。

ナターシャ　でも、今じゃ仕事もできないじゃない！　あたしが唐変木《とうへんぼく》なのか、それともあなたが聞く耳持たないのかしれないけれど、あのばあや、もう仕事なんかできやしないのよ。寝ているか座り込んでじっとしてるだけ。

オリガ　好きなようにさせておけば。

ナターシャ　（驚いたように）好きなようにさせとくですって？　でも、あれは使用人じゃないの。（涙声で）あたし、あなたの言うこと分かんない。子供たちには子守もいれば乳母もいる、それにうちには小間使いや料理女だっている……この上、どうして年取った婆さんまで抱え込まなきゃならないのよ？　ね、どうして？

舞台裏で半鐘を打つ音。

オリガ　今夜ひと晩で、私十歳《とお》も老け込んだ気がする。

ナターシャ　ちゃんと話をつけとく必要があるわね。きっぱりと……。あなたは中学校で忙しいし、あたしは家事で精いっぱい。あなたの仕事は教えることだし、あたしは家のやり繰り。使用人のことであたしがとやかく言うにしても、あたし、ことの分別は心得てます。こ・こ・ろ・え・て・ま・す・よ。明日にはあの厄介者を叩き出してちょうだい、あの老いぼれのことよ……。（足を踏み鳴らして）いいこと、あの婆さんを叩き出すの。あたしを怒らせるんじゃないわよ、いいわね！（はっとわれに返って）ほんと、あなたが階下《した》に移ってくれないと、あたしたち、しじゅういがみ合っていることになるわ。もう、やってらんない。

クルイギン、登場。

クルイギン マーシャはどこだい？　そろそろ家に帰る時間なんだがなあ。火事は収まりつつあるそうだ。（うんと伸びをして）一区画が焼けただけだ。風があったから、当初は町が全焼するかと思ったよ。（腰を下ろす）疲れました。ねえ、オリガ……。よく考えるんだが、もしマーシャがいなければ、私は君と結婚したんじゃなかろうか。君は、とてもやさしい女性だ……。精も根も尽き果てましたよ、今日は。（聞き耳を立てる）

オリガ なに、あれ？

クルイギン これ見よがしに、医者《せんせい》、浴びるように酒をあおってる、もうぐでんぐでん。これ見よがしにね！（立ち上がる）ほら、こっちにお出ましだ……。聞こえるだろう？　ほら、こっちに来ますよ……。（笑って）処置なしだ、まったく……。私は退散するよ。（部屋の隅にある棚のほうに歩いていきながら）相手になったら大変だ。

オリガ　二年間お酒を口にしなかったのに、いきなり酔いつぶれるなんて……。（ナターシャと一緒に部屋の奥に退く）

チェブトゥイキン、登場。よろけることもなく、まるで素面《しらふ》のように部屋のなかを突き進み、立ち止まって何やら眺めているが、やがて洗面台に歩み寄って、手を洗いはじめる。

チェブトゥイキン　（沈んだ調子で）どいつもこいつもくたばっちまうがいいや……くたばりやがれ……。わしが医者だってえ、どんな病気も治せるってか。お気の毒さま、わしゃ、何も存じませんよってんだ。知ってたことも、何もかも忘れちまいました。なんにも憶えてなんかいませんよだ。

オリガとナターシャ、こっそり退場。

どいつもこいつも、鬼にでも食われちまえ。この前の水曜日にザースイピで女を治療したが、お陀仏さ。死んだのはわしのせいだ。そう……二十五年も前なら少しは医学のことも弁《わきま》えてたが、今じゃなんにも憶えちゃいない。なんにも、ね。ひょっとしたら、わしは人間なんかじゃないのかもしれん。ただ、振りをしてるだけ。手も足も、頭もあるような、ね。いや、いや、どだいわしなんか存在しないのかもしれん。歩いたり、食ったり、眠ったりしているような気がしているだけかもしれん。（泣く）ああ、いっそのこと存在しないのであればなあ。（泣きやんで、沈んだ調子で）知ったことか……三日前、クラブで話してやがった。やれ、シェイクスピアだ、ヴォルテールだ、と……。わしは読んだことがない、これっぱかしも。でも読んだことがあるような顔をしてやったさ。ほかの連中だってわしと同じさ。なんたる俗物どもだ！　愚劣きわまる！　それに、水曜日に死なせてしまったあの女の顔が目の前にちらついてくる……細かな点までありありと思い出されてくる。おかげで、いやーな心持ちだ。反吐《へど》を吐きそうに胸くそがわるい……これで飲まずにいられよかってんだ。

イリーナ、ヴェルシーニン、トゥーゼンバフが登場。トゥーゼンバフは真新しい流行の文官の服を着込んでいる。

イリーナ　ここに座りましょう。ここなら誰も入ってこないわ。

ヴェルシーニン　もし兵隊たちがいなければ、町は全焼だったでしょうな。いやはや、大した連中だ！（満足げに両手をもみしだく）見上げたものだ！　大した連中ですよ、まったく！

クルイギン　（一同のところに近づいてきて）かれこれ何時です？

トゥーゼンバフ　もう三時すぎです。空が白んできました。

イリーナ　みなさん大広間にうずくまって、誰も帰ろうとしないの。あのソリョーヌイさんまでがうずくまっている始末……。（チェブトゥイキンに）もうお休みになったら、先生。

チェブトゥイキン　だいじょうぶですよ。……どうぞお構いなく。（顎鬚をなでる）

クルイギン　（笑い声を立てて）ぐでんぐでんですな、先生。（チェブトゥイキンの肩を叩く）お元気なことで！　昔の格言にありますな、「イン・ヴィノ・ヴェリタス」[18]、つまり「酒中に真あり」とね。

トゥーゼンバフ　焼け出された人たちのための音楽会を開けって、みなさんがぼくにせっつくんですがね。

イリーナ　そんなの無理よ……。

トゥーゼンバフ　その気になれば、できないこともありません。そう、あのマーシャさんならピアノはお上手だし。

クルイギン　弾かせれば、うまいもんですよ。

イリーナ　もう忘れて弾けないわよ。三年も弾いてないんだもの……いえ、四年になるかしら。

トゥーゼンバフ　この町には音楽が分かる人がいない、誰ひとり分かっちゃいません。でも、ぼくは分かるから言うんですが、マーシャさんのピアノの腕はすばらしい、あれは玄人はだしです。

クルイギン　おっしゃる通りです、男爵。私はマーシャのことをとても愛しています。あれはすばらしい女性です。

トゥーゼンバフ　あんなに腕が立つのに、誰もそれを理解してくれる人がいないんじゃ、かわいそうですよ。

クルイギン　（溜息まじりに）そうだねえ……。でも、コンサートを開くのは、出過ぎたまねじゃないかね？

間。

どうなんでしょうね、みなさん。出るべきなのかもしれません。正直に申し上げますが、うちの校長、これはとてもいい人です。いや、切れ者の逸材だと言ってもいい。ところが、なかなかの石頭でしてね……。もちろん、こんなことは校長の知ったことじゃありません。まっ、そういうことなら、ひとつ校長に掛け合ってみましょう。

チェブトゥイキン、陶器の時計を取り上げて、それをしげしげと眺めている。

ヴェルシーニン　火事のせいですっかり私は泥だらけだ。これじゃ誰だか見分けがつ

18　In vino veritas.　ラテン語。意味は本文に組み込んだとおり。

きませんな。

間。

きのう小耳にはさんだのですが、どうやらうちの旅団がどこか遠方に派遣されるようです。ポーランド王国だという人もいれば、チタだという人もいる。

トゥーゼンバフ ぼくも、その話、聞きました。やれやれ。そうなると町はもぬけの殻ですね。

イリーナ 私たちも出ていきましょう。

チェブトゥイキン （時計を落とし、時計は粉々に砕ける）テケレッツのパッ！

間。一同、驚いて呆気《あっけ》にとられる。

クルイギン （割れたかけらを拾い集める）こんな高価な物をこわしてしまって、先生も困った人だ！　そんなお行儀じゃあ、マイナス点ですぞ。

イリーナ 亡くなったママの時計なのよ。

チェブトゥイキン そうかもしれん……。ママのだというのならママのだ。いや、もしかすると、わしはこわしてないのかもしれん、ただこわしたように見えるだけかもしれん。ひょっとすると、われわれだって存在しているように思われるだけで、実際には存在しないのかもしれん。わしは何も知らん。どいつもこいつも、何も分かっちゃいないんだ。（ドア口に立って）何をジロジロ見てるんだ？　ナターシャがプロトポーポフといい仲になったって、君たちの目には何も見えんじゃないか……。君たちがここに座り込んで、何も見ざるを決めこんでるのを尻目に、ナターシャとプロトポーポフはいちゃついてるってわけだ……。（歌を口ずさむ）「椰子《やし》の実を、おひとついかが……」[19]（退場）

ヴェルシーニン　そうですな……。（笑い声を立てる）言われてみると、たしかに実際、妙なことばかりだ！

間。

火事が起きたとき、私は急いで飛んで帰りました。家に近づいて見ると、うちは

19　チェーホフが観劇したことのあるオペレッタで歌われた歌詞のようだが、出典は不明。

無事、火の手はおよんでいず、危険なことはない。ところが、子供たちが敷居のところに肌着一枚の格好でたたずんでいる。母親はいない、まわりは人でごった返し、馬だとか犬が走りまわっている。子供たちの顔には、不安というのか恐怖というのか、切なる祈りというのか、なんとも言いようのない色が浮かんでいる。私はその顔を見ると、胸がぎゅっと締めつけられた。ああ、この子たちはこれからの長い人生にまだまだ苦しい思いをしなければならないんだ——そう思いました。私は二人を抱えて走りながら、そのことばかり考えていました。この子たちはこれからもまだこの世で苦しい思いをしなければならないんだ、と。

半鐘の音。間。

こちらに伺うと、母親がここにいるじゃありませんか。それどころか、声を荒《あら》げて息巻いている。

マーシャがクッションを抱えて入ってきて、長椅子に腰を下ろす。

私の娘たちが肌着一枚に裸足で敷居に立って、通りが火事の火で赤く染まり、まわりで恐ろしい喧噪《けんそう》が渦巻いていたとき、私が思い出したのは、ずいぶん昔にもこれに似たことがあったことです。いきなり敵が襲ってきて、略奪を繰り広げ、火を放ったことがあった……。とはいえ、いま起きていることと昔にあったことに、いったいどんな違いがあります！　もう少し時間が経てば、そう、二百年か三百年か経ったら、私たちの今の生活だって、同様に、恐怖とさげすみの入り交じった感情で振り返られるんでしょう。今ある一切のことがらは、四角四面で重苦しい、とても間尺《ましゃく》に合わない奇妙なものに思われることでしょう。ああ、これから生活はどんなものになるんでしょう、どんな生活がやって来るんでしょう！（声を立てて笑う）失礼、私はまた哲学談義をはじめてしまいました。まあ、ここはお許しを願って、続けさせてください。今、私はなんだか理屈をこねたい、無性に理屈をこねたい心境なんです。

間。

どうやら、みなさんお休みのようだ。勝手にやらせていただきます。来《きた》るべき生活がいったいどんなものなのか。ひとつ想像してみてください……。あなた方のような人は現在この町にはわずか三人だけかもしれない。だが、時が進み世代が入れ替わっていくうちに、その数はますますふくらんでいくにちがいない。そしてやがて、誰もがあなた方にならって生き方を変え、あなた方のように生きるようになる時代がやって来るにちがいない。やがて、あなた方も年老いるでしょうが、あなた方よりすぐれた人たちがあらわれるにちがいない……。（声を立てて笑う）なんだか、今日、私は特別な心境です。なんだか、無性に、生きていきたい気がする……。（歌を口ずさむ）「どんな年齢も恋にはかなわない、恋すれば奇蹟がおきる[20]……」。

マーシャ　トラム・タム・タム……。

ヴェルシーニン　トラム・タム……。

マーシャ　トラ・ラ・ラ？

ヴェルシーニン　トラ・タ・タ。（笑い出す）

　フェドーチク、登場。

フェドーチク　（踊りながら）焼けちゃった、焼けちゃった！　きれいさっぱり焼けちゃった！

間。

イリーナ　冗談もほどほどになさい。全部焼けてしまったの？
フェドーチク　（声を出して笑う）きれいさっぱり。何も残っちゃいません。ギターも写真も、ぼくの手紙も全部……。あなたにメモ帖を差し上げたかったんですが、それも焼けてしまった。

ソリョーヌイ、登場。

イリーナ　困ります、ソリョーヌイさん、どうかお帰りになって。こちらにいらっしゃらないで。
ソリョーヌイ　どうしてこの男爵はよくって、ぼくはダメなんです？

20　プーシキンの韻文小説『エヴゲーニー・オネーギン』（一八二三〜一八三一）第八章からの引用。チャイコフスキー作曲の同名のオペラではグレーミン公爵のアリアとして歌われる（第三幕）。

ヴェルシーニン　たしかに、そろそろおいとましましょう。火事のほうはどんなようすです？

ソリョーヌイ　収まりつつあるという話です。いや、それにしても解《げ》せないな。どうして男爵ならよくって、ぼくはダメなんです？（香水の瓶を取り出して、体に振りかける）

ヴェルシーニン　トラム・タム・タム。

マーシャ　トラム・タム。

ヴェルシーニン　（声を立てて笑って、ソリョーヌイに）広間のほうに行きましょう。

ソリョーヌイ　いいでしょう、でもぼくはいまの言葉は忘れませんからね。もっと説明したいところだが、鵞鳥どもを騒がせたらことですからね。[21]（トゥーゼンバフを見やって）とお、とお、とお……。

ヴェルシーニン、フェドーチクと連れだって退場。

イリーナ　あのソリョーヌイのせいでタバコの煙だらけ……。（怪訝な声で）男爵、眠っちゃってる！　男爵！　男爵！

トゥーゼンバフ　（はっと気づいて）それにしても、ぼくは疲れた……。レンガ工場……。これ、寝言じゃありません、ほんとにぼくは近々レンガ工場に行って、働くんです……。話もつけてあるんだ。（やさしくイリーナに）あなたのその透き通るような白い肌、なんてすてきで魅力的なんだろう……。あなたのその透き通るような白さが、差し込む光のようにこの闇を明るくしてくれるような気がする……。あなたは沈んでらっしゃる、生活に満足してない……。ぼくと一緒に行きましょう、一緒に働きに行きましょう！

マーシャ　男爵、もう帰ったらどう。

トゥーゼンバフ　（声を立てて笑って）いらしたんですか？　気がつきませんでした。（イリーナの手にキスをする）それじゃ、ぼくは帰ります……。いまあなたを見つめていて、思い出しました。そう言えば、かつてあなたの名の日のお祝いの日に、

21　イワン・クルイロフの寓話『鵞鳥ども』からの引用。百姓にこき使われている鵞鳥が、ローマを救った自分たちの血筋の栄光を語るばかりで、現在どんな役に立っているのか語りえないさまを、クルイロフは寓話の最後に、「この寓話はもっと詳しく解説することもできる。しかし、鵞鳥たちを怒らせないようにしよう」と評している。

元気で朗らかだったあなたが労働の歓びのことを話してらした……。あのとき仕合わせな生活がぼくに微笑みかけたんです。その生活はいまどこにあるんだろう？（手にキスする）あなたは、目に涙を浮かべていますね。横になってお休みなさい、もう空が白んできた……そろそろ朝です……。許してもらえるなら、ぼくはあなたのために自分の命を投げ出してもいい。

マーシャ　男爵、もう帰ってちょうだい！　まったく、いつまでもいつまでも……。

トゥーゼンバフ　はい、はい、帰ります……。（退場）

マーシャ　（体を横にして）あなた、眠ってらっしゃるの？

クルイギン　なに？

マーシャ　お帰りになって、ひとりで。

クルイギン　ああ、マーシャ、私のマーシャ……。

イリーナ　この人、もうぐったりなの。少し休ませてあげたら。

クルイギン　じゃあ、私は帰るよ……。ぼくの奥さん、すばらしい奥さん……。愛しているよ、君はかけがえのない女性だ……。

マーシャ　（苛立って）愛す、愛すれば、愛するとき、愛するなら、愛しても。

クルイギン　（声を立てて笑いながら）いやはや、本当に驚嘆すべき女性だね、この人は。君と結婚して七年になるが、ほんのきのう結婚したばかりのような気がする。いやはや、本当に驚嘆すべき女性だ。私は満足だよ、満足だよ、満足だよ！

マーシャ　うんざり、うんざりだわ、もううんざり……。（起き上がって、座った姿勢で話す）頭にこびりついて離れないの……。腹立たしいったらないわ。頭に釘を打ちこまれたように、しゃべらないではいられない。アンドレイのことよ……。兄さんはこの家を銀行の抵当に入れたの、それでお金は全部あの女にしぼり取られてるの。でも、この家は兄さんだけのものじゃなくて、私たち四人のものよ！そのことを自覚すべきよ、兄さんもまっとうな人間なら。

クルイギン　マーシャ、好きこのんでそんなことに首を突っ込むものじゃない！　なんの益があるというんだ？　アンドレイはそこいらじゅうに借金しまくっているさ、好きなようにさせておけばいい。

マーシャ　でも、腹が立つじゃない。（不機嫌そうに横になる）

クルイギン　私たちは貧乏しているわけじゃない。私は働いているし、中学に勤め、放課後は個人授業もやっている……。私は誠実な人間だ。隠し事など何もない……。いわゆる「オムニア・メア・メクム・ポルト」[22]、つまり「一切合切持ち歩く」ってやつさ。

マーシャ　私、べつにどうのこうの言うつもりはありません、ただ公正じゃないことに腹が立つだけ。

間。

もうお帰りなさい。

クルイギン（マーシャにキスする）疲れたんだね、半時ばかりお休み。私は向こうで座って待っている。お休み……。（歩いて行きながら）私は満足しているよ、満足だよ、満足だよ。（退場）

イリーナ　実際、兄さんも小物になったものね。あの女のおかげですっかりしょぼくれ、老け込んでしまったわ。かつては教授になるつもりだったのに、きのうなんか、やっと郡会の理事になれたって自慢してるの。自分はたかだか理事でしかないじゃない、議長はあのプロトポーポフよ……。町中の噂になって笑いものになっているのに、なんにも分かっていなくて、なにも見えてないのは兄さんだけ……。さっきだってみんなが火事に駆けつけているのに、兄さんたら部屋に閉じこもって、自分は知らぬ存ぜぬ。ひたすらバイオリンを弾いているだけ。（苛立たしそうに）ああ、みじめだわ、みじめだわ、ほんとにみじめだわ！（さめざめと泣く）もうこんなの、あたし耐えられない！……もう、ダメ、ダメよ！……

オリガが登場して、自分の机のまわりの片づけをはじめる。

イリーナ（号泣しながら）どこなの？　どこに消えてしまったの、あたしにあったものは？　今どこにあるのよ？　ああ、神様、神様！　あたし、全部忘れてしまっ

オリガ（驚いて）どうしたの、いったいどうしたというの？

（大声で泣き叫ぶ）あたしをゴタゴタに巻き込まないでよ、放っておいてほしいの、もう耐えられない！……

22　Omnia mea mecum porto.　ラテン語。「財産の一切をわが身に携えて持ち運ぶ」の意。箴言は、紀元前六世紀にギリシアの七賢人の一人ビアスが自分の住む町がペルシアに攻撃されたとき、世俗的な財産を捨てて逃げた故事に由来する。「自分の財産のすべては知恵だ」というのがその内容。

た、何もかも……頭のなかがゴチャゴチャなの……。イタリア語で窓や天井をなんと言ったか憶えてないの……。全部忘れていくの、毎日どんどん忘れていくの。なのに、人生はおかまいなく過ぎていって、けっして戻ってこない。けっして、あたしたち、モスクワには行けやしないのよ……。あたし分かってる、あたしたちモスクワには行けないのよ……。

オリガ だいじょうぶ、ねっ、だいじょうぶ……。

イリーナ （気持ちを圧《お》し殺すようにしながら）ああ、あたし不幸だわ……。ろくに仕事もできないし、もう仕事なんてまっぴら。もうたくさん、もうたくさんよ！　電信係もやったし、いまは市会に勤めているけれど、回されてくる仕事は全部大っ嫌い。大事だなんて思えない……。あたし、もう数えで二十四よ、働き出してもうずいぶんになるけど、頭のなかは干からびてくし、やせて器量も落ちて老けていくだけ。得るものなんてないし、満足なんかひとつもないの。時間だけが経っていって、自分が本当のすばらしい生活からどんどん離れていくような気がしてならないの。どんどん離れていくばかりで、どこか奈落のようなところに落ちていくような気がするの。あたし、救いようがないの、もう救いようがないのよ！　どうして、今日までこの身に手をかけないで生きてこられたのか、自分でも分からないくらい……。

オリガ　泣かないで、さあ、もう泣かないで……。私までつらくなるから。

イリーナ　もう泣かない、泣かないわ……。もう、たくさん……。ねっ、もう泣いてないでしょ。もう、たくさん……もう、たくさんだわ！

オリガ　ねえ、姉として、お友だちとして言わせてもらうけれど、もし私の忠告を聞く気があるなら、男爵と結婚なさい！

イリーナ、さめざめと涙を流す。

あなた、あの人のことを尊敬もしているし、立派な人だと思ってるんでしょう……。たしかに、あの人、容姿はいまひとつだけれど、しっかりした清廉潔白な人じゃない……。女が結婚するのは愛だの恋だのからではないの、それはただ自分の義務をはたすためなのよ。少なくとも私はそんなふうに考えてる。だから、私だったら愛や恋抜きでお嫁にいくわ。相手が誰だろうと、しっかりした人でありさえすれば、私なら喜んでお嫁にいくつもり。相手が年寄りだったって、私お嫁にいくと思う……。
イリーナ　あたし、ずっとあこがれていたの、あたしたちがモスクワに帰って、そこで真実の人にめぐり会えるんだって。その人のことを夢見て、恋していたの……。でも全部はかない夢だった、絵空事だった……。
オリガ　（イリーナを抱きしめる）そうねえ、分かるわ、その気持ち。あのトゥーゼンバフ男爵が軍隊を辞めて、スーツを着込んでうちに見えたとき、その格好があまりに貧相なので、私泣き出したほどよ……。あの人、「なんで泣いてらっしゃるんです？」って訊くんだけど、私なんて答えればいいのよ。でも、神様のおぼしめしであなたがあの人に嫁ぐのなら、私はそれで仕合わせよ。だって、あれはあれ、これはこれ、容姿と結婚はまったく別物なんだもの。
蠟燭を持ったナターシャが右手のドアから左手のドアに向かって黙って舞台を通り過ぎていく。
マーシャ　あの歩きよう、まるであの人が火をつけて回っているみたい。
オリガ　バカなことを言わないで。この家でいちばんのおバカさんはあなたよ。言ってわるいけれど。

間。

マーシャ 私、二人に打ち明けたいことがあるの。苦しいのよ、胸が。あなたたちに話したら、もう誰にもけっして言わないわ……。ほんの一分でおしまい。（小声で）これは私の秘密なんだけれど、どうせあなたたちには分かることよ……。言わないではいられないの……。

間。

私、好きなの、愛してるの……あの人のことよ……たったいま、姉さんたちが目にした人……。なに、隠したって仕方ないわ。要するに、私、ヴェルシーニンさんのことを愛してるの……。

オリガ （自分の衝立の裏に回って）やめてちょうだい。どうせ、私には聞こえないわよ。

マーシャ どうしようもないじゃない！（頭を抱える）最初は変な人だと思ったわ、

そうこうするうちに、あの人のことがかわいそうに思えてきて、やがて好きになってしまったの……あの声も、言葉も、不幸な身の上も、二人の娘さんも全部好きになったの……。

オリガ　（衝立のかげから）どうせ、私には聞こえませんからね。あなたがどんなバカなことを言ったって、聞こえませんからね。

マーシャ　変な人、オリガ、あなたって。好きなの、要するに、これが私の運命なのよ。つまり、そういう定めなのよ……。あの人も私のことを愛してくれている……。なにもかも恐ろしいことだわ。そうよ、ね？　いけないことよね？（イリーナの手を取って、自分のほうに引き寄せる）ねえ、イリーナ……。私たちがこのまま生きていって、これから私たちどうなるのかしら……。小説なんか読んでいると、どれもこれも古くさくって、ありきたりに思えるけど、本当に人を好きになってごらんなさい、あなたにも分かるはずよ。誰も何も分かってないの、誰でもおのおの自分のことは自分で決めなければならないの……。これでおしまい……。あなたたちに打ち明けたから、もう言わない……。これからは、ゴーゴリの狂人のように、ひたすら沈黙……沈黙、ね……。[23]

アンドレイ、その後からフェラポントが登場。

アンドレイ （腹立たしげに）いったい、なんの用なんだ？　ぼくには分からん。

フェラポント （ドア口で、じれったそうに）アンドレイさん、アンドレイさん、もう十ぺんもお話ししてるじゃねえですか。

アンドレイ 第一に、ぼくはお前からアンドレイさん呼ばわりされる筋合いはない、ちゃんと閣下と呼ぶんだ。

フェラポント 消防隊の連中が、閣下、川に出るのにここの庭を通らせてくれと言うとります。そうでねえと、遠回りせにゃならん、そいつは大変だってわけです。

アンドレイ よかろう。「かまわん」と言ってやれ。

フェラポント、退場。

23　ゴーゴリの『狂人日記』（一八三五）の主人公ポプリーシチンを指す。日記の数カ所に「いや、よそう、黙っていることだ」という言葉が出てくる。

まったく世話が焼けるな。オリガ姉さんはどこ？

　オリガ、衝立のかげからあらわれる。

戸棚の鍵を貸してもらおうと思って来たんだ。自分のをなくしてしまったんだ。
姉さんのところに、こんな小さな鍵があったろう。

　オリガ、黙ったまま鍵を渡す。イリーナ、自分の側の衝立の裏に回る。間。

ずいぶん大きな火事だったね。ようやく鎮まったようだけれど。あのフェラポントのやつ、ぼくを怒らせるもんだから、ついついぼくも閣下と呼べなんてバカなことを言ってしまった。

　間。

姉さん、どうして何も言わないの？

　間。

そろそろこんなバカげたことはやめにしようよ、わけもないのにふくれっ面するのはよそうよ……。マーシャもここにいるのか。イリーナもいるんだな。ちょうどいい、きっぱりここで片をつけよう。姉さんたちは、ぼくに言いたいことがあるらしいけど、どんなこと？　なんなの？

オリガ　よしましょう。話は明日《あす》にしましょ。（苛立って）ほんと、たまんない、こんな夜！

アンドレイ　（面食らって）そうカリカリしないで。ぼくは冷静にみんなに訊いてるんだ、ぼくに何を言いたいのか。はっきり言ってよ。

「トラム・タム・タム」というヴェルシーニンの声。

マーシャ　（立ち上がって、声高に）トラ・タ・タ。（オリガに）さようなら、オリガ、元気出してね。（衝立のかげに回って、イリーナにキスする）ゆっくりお休みなさい……。それじゃ、兄さん。出ていったほうがいいわ、二人ともクタクタなんだから……話はあした……。（退場）

オリガ　ほんとにそう、アンドレイ、話は明日《あす》にしましょ……。（自分の側の衝立の裏に回る）もう寝る時間よ。

アンドレイ　ひとこと言ったら出ていくよ。つまりだね……。第一に、姉さんたちはナターシャ、つまりぼくの妻に何か含むところがあるらしい。それは結婚式の当日からぼくも気づいてた。言っておくけど、ナターシャはすばらしい、誠実な人間だ。すなおで高潔な人間だ――これがぼくの考えだ。ぼくは自分の妻を愛しているし、尊敬してもいる。分かるかい、尊敬もしてるんだ。だから、ほかの人たちにも彼女をそれ相応に尊敬してもらいたい。もう一度言うけれど、彼女は誠実で高潔な人間だ。姉さんたちの不満は、こう言っちゃわるいけど、ただの言いがかりだ……。

間。

第二に、姉さんたちは、ぼくが大学の教授じゃなく、学問の道に進まなかったことに腹を立ててるらしい。だけど、ぼくは郡会に奉職し、郡会の理事だ。この勤めをぼくは学問への奉仕と同じように、神聖で崇高なことだと考えている。ぼくは郡会の理事で、言わせてもらうけど、それを誇りに思ってる……。

間。

第三に……。まだ言っておくことがあるんだ……。ぼくは姉さんたちの許可も取らずに、この家を抵当に入れた……。この点ではぼくに非があるし、その点はお詫びしたい。そうせざるをえなかったのは、借金があるためで……三万五千ルーブルという額だ……。今はもうカードはやらない、だいぶ前にやめた。でも、ぼくが言い訳として言える肝心な点は、姉さんたちは未婚の女性だから年金がもらえるけれど、ぼくには……いわゆる稼ぎというのがなかったからね……。

間。

クルイギン （ドアロから顔をのぞかせて）マーシャはここにいないのかい？（心配そうに）どこに行ったんだろう？　変だな……。（退場）

アンドレイ 誰も聞いちゃいない。そう、ナターシャは立派な誠実な人間だ。（黙って舞台を歩きまわり、やがて立ち止まる）結婚したとき、ぼくは思ってた、これでぼくたちは仕合わせになれる……みんなが仕合わせになれるってね……。ところが、そうじゃなかった……。(さめざめと涙を流す) ねえ、いいかい、姉さんたち、ぼくの言うことなんか信じちゃダメだ、信じるんじゃないよ……。(退場)

クルイギン (ドアから顔をのぞかせて、心配そうに) マーシャはどこに行ったんだろう? ここにマーシャはいないかい? ただごとじゃないぞ、これは。(退場)

半鐘の音、舞台はもぬけの殻。

イリーナ (衝立のかげで) ねえ、オリガ! 床を叩いてるの誰?

オリガ チェブトゥイキンさんよ。酔っ払ってるの。

イリーナ ほんと、気が休まらない夜ね!

間。

ねえ、オリガ! (衝立のかげから顔をのぞかせて) 聞いた? 旅団がこの町から出て行くんだって、どこか遠方に移されるんだって。

オリガ ただの噂よ。

イリーナ そうなったら、私たちだけになってしまうわね……。ねえ、オリガ。

オリガ　なに？

イリーナ　ねえ、あたし、男爵を尊敬しているし、立派な人だとも思ってる。あの人、立派な人だわ。あたし決めたわ、あの人のお嫁さんになります。でも、まずモスクワに帰りましょ！　お願いだから、帰りましょ。モスクワよりいいところは、この世にはないわ！　帰りましょうね、オリガ。帰りましょ。

幕

第四幕

プローゾロフ家の古い庭。舞台奥に向かってエゾ松の長い小径《こみち》が延び、その先に川が見える。川向こうに森。屋敷の右側にテラス。ここに酒瓶やグラスの載ったテーブルがあり、つい今しがたシャンペンを飲んでいたことがうかがえる。昼の十二時。通りから川に向かって、時折通りがかりの人が庭を抜けていく。足早に五人の兵士が通り過ぎる。

この幕を通じてずっと上機嫌なチェブトゥイキンは、庭の肘掛け椅子に腰を下ろして呼び出しがかかるのを待っている。軍帽をかぶりステッキを持っている。イリーナ、それに口髭を落とし首に勲章をかけたクルイギン、トゥーゼンバフがテラスに立って、庭に降りてゆくフェドーチクとロデーを見送っている。二人の将校は旅装軍服のいでたち。

トゥーゼンバフ　（フェドーチクと別れのキスを交わしながら）残念だねえ、われわれはあんなに仲よくやってきたのに。（ロデーと別れのキスをする）もう一度……。さようなら、じゃあ、元気で。

イリーナ　ではまた。

フェドーチク　ではまたじゃなくって、さようならですよ。もう二度とお会いすることはないでしょう。

クルイギン　分かりませんぞ！（涙をぬぐって、笑顔を作りながら）ほら、私まで泣き出してしまったじゃないか。

イリーナ　いつかお会いしましょう。

フェドーチク　十年か十五年先ですか？　そのときにはわれわれはお互い見分けもつかず、互いによそよそしい挨拶を交わすんでしょうね……。（写真を撮る）動かないで……。最後にもう一枚。

ロデー　（トゥーゼンバフを抱きしめて）二度とお会いすることもないでしょう……。

(イリーナの手にキスする) ありがとう、大変お世話になりました!
フェドーチク (別れるのがつらそうに) ちょっと待った!
トゥーゼンバフ 神様のおぼしめしがあれば、また会えますよ。手紙をください。きっとですよ。
ロデー (庭に目をやって) この木立も、さようなら! (声を張りあげて) ヤッホー!

間。

木霊《こだま》も、さらば!
クルイギン ひょっとすると、向こうで結婚するかもしれませんぞ、ポーランドでね……。ポーランド人の奥さんが君に抱きついて、「コハーネ」――「ねえ、あなた」なんて言われたりして。(声を立てて笑う)
フェドーチク (時計をのぞいて) もう一時間もないや。われわれの旅団ではソリョーヌイひとりが荷船で出かけ、われわれは部隊に同行します。今日は三つの旅団が師団を形成して発ち、明日《あす》はまた三旅団が出ていきます。これで町も静かで平穏になりますね。

トゥーゼンバフ　淋しいかぎりだな。

ロデー　マーシャさんはどちらです？

クルイギン　庭におります。

フェドーチク　お別れを言ってこよう。

ロデー　さようなら、じゃあ、行きます。でないと、涙がこぼれそうで……。（あたふたとトゥーゼンバフとクルイギンを抱擁し、イリーナの手にキスする）ほんとうにお世話になりました……。

フェドーチク　（クルイギンに）お別れの記念にこれを……鉛筆のついたノートです……。われわれはここから川に向かいます……。

立ち去りながら、二人は何度か振り返る。

ロデー　（声を張りあげて）ヤッホー！

クルイギン　（大声で）さようなら！

舞台奥でフェドーチクとロデーはマーシャと出会い、別れの挨拶。マーシャ、そのまま二人について立ち去る。

イリーナ 行ってしまった……。(テラスの下の段に腰を下ろす)

チェブトゥイキン 私には別れの挨拶もなしか。

イリーナ チェブトゥイキンさんこそ、どうなさったの?

チェブトゥイキン ええ、なんだかこちらも挨拶をし忘れた。いずれにしても、連中とはまたじきに会えます、私の出発は明日《あす》ですから。そう……まだ一日ある。一年後には退職。そのときにはまたここに戻ってきて、あなた方のそばで余生を送りますよ。年金を受けるまで、あと一年だ……。(ポケットに新聞をしまい、また別の新聞を取り出す)ここに戻って、一からやり直しだ。物静かで、き……聞きわけのいい、礼儀正しい男になりますよ……。

イリーナ ほんと、チェブトゥイキンさん、生活を立て直さないと。なんとかしなくちゃいけないわ。

チェブトゥイキン そうですな。自分でもそう思う。(小さな声で口ずさむ)タララ……ブンビヤ……わたしゃ　小径に　腰かけてえ……。[24]

クルイギン　無理、無理！　あなたは叩き直しようがない！

チェブトゥイキン　君の学校にでも通うかね。そうすりゃ、鍛え直されるかもしれん。

イリーナ　義兄《にい》さん、髭を落としたのね。見ちゃいられないわ！

クルイギン　それが、どうかしたかい？

チェブトゥイキン　私なら今の君の顔が何に似ているか言ってやるところだが、まあ、やめとこう。

クルイギン　どうとでもお好きに。これが「モドゥス・ヴィヴェンディ」[25]、つまり「私の生き方」ってやつでしてね。うちの校長も口髭なんかつけちゃいません、それで私も学監《がっかん》になったのを機に髭を落としたんです。どなたもお気に召さないようだが、私はどうでもいいんです。私は満足です。口髭なんかあってもなくっ

24　この歌詞は、当時パリのカフェ「マクシム」で流行っていたフランスのシャンソネット（小唄）に由来するらしい。チェーホフの短編『大ヴォロージャと小ヴォロージャ』（一八九三）にもこの歌詞が引用されている。

25　Modus vivendi. ラテン語「生き方、生きざま」の意。

ても、私は同じように満足です……。（腰を下ろす）

舞台奥でアンドレイが眠った赤ん坊を乗せた乳母車を押している。

イリーナ　ねえ、チェブトゥイキンさん、あたしとても気がかりなことがあるの。きのう大通りにいらしたでしょう、ねえ、何があったの？

チェブトゥイキン　何があったって？　何もありゃしません。つまらんことです。（新聞を読む）どうでもいいことだ。

クルイギン　なんでも、ソリョーヌイ君と男爵が、きのう大通りの劇場前で出くわして……。

トゥーゼンバフ　よしてください！　まったく……。（呆《あき》れたように手を振り下ろして、家のなかに去る）

クルイギン　劇場の前でね……ソリョーヌイが男爵に言いがかりをつけたそうだ。それで男爵のほうはたまらず、ひどい暴言を吐いたらしい……。

チェブトゥイキン　知らんねえ。全部、たわけた話さ。

クルイギン　ある神学校で教師が生徒の作文に「たわけ」と書いたところ、その生徒は「たわし」と読んだそうだ。「け」が「し」に見えたんだね。（声を立てて笑う）滑稽この上ない。なんでも噂によると、ソリョーヌイはイリーナに惚れていて、男爵を恨んでいるらしい……。ごもっともな話だ。イリーナは、そりゃあ、よくできた娘さんだ。ちょっとマーシャに似たところがある。考え事をしている顔つきなんかそっくりだよ。ただし、イリーナ、性格は君のほうがおだやかだ。そりゃもちろん、マーシャだっていい性格をしていますがねえ。私は彼女を愛してます、マーシャをね。

舞台裏の庭の奥で、「おーい、ヤッホー」という声。

イリーナ （ぎくりとして）なんだか、あたし、今日おどおどしどおしなの。

間。

もう支度は全部すませたわ。お昼をいただいてから、自分の荷物を送ってしまえば、それでおしまい。あした男爵と式を挙げて、その足でレンガ工場に発って、あさってにはもう学校。新しい生活がはじまるんだわ。どうか神様のご加護がありますように！　教師の任官試験に通ったときには、あたし、うれしくって、天にものぼる気持ちで泣き出したほど……。

間。

クルイギン　もうじき、荷馬車があたしの荷物を取りに来るの……。

着々と準備は進んでるようだが、なんだかちょっと真剣味に欠けるようだなあ。気持ちばかりが先走って、真剣味がたりない。まあ、それはともかく、うまくいくよう祈っているよ。

チェブトゥイキン　（うっとりとなって）本当に立派になったもんだ、イリーナさん……。あなたがどんどん遠くへ行ってしまうものだから、私なんか追いつけやしない。取り残された私は、年老いて飛べなくなった渡り鳥みたいなものさ。いいから、自由に飛んでお行きなさい！

間。

あんたも口髭を落として、なんとも無駄なことをしたもんだ。

クルイギン　もうたくさんですよ！（溜息をついて）今日軍人さんたちが発って行けば、何もかも元の鞘《さや》に収まるわけです。なんと言われようが、マーシャはすばらしい誠実な女性です。私はとても彼女のことを愛しているし、自分の運命に感謝している。人の運命というのは、人それぞれでしてねえ……。ここの税務署にコズイレフとかいう男が勤めています。この男、私と同級だったのですが、中学校の五年生のときに放校になった。ラテン語の「ウト・コンセクティヴム」[26]、つまり「しかるが故に」の使い方がどうしても呑み込めなかったんです。今じゃこの男は赤貧洗うがごとき貧乏ぶりで、体もこわしている。私はこの男に会うと、「やあ、ウト・コンセクティヴム君」と声をかけてやるんです。すると、「そう、まさにそのウト・コンセクティヴムで、かくのごとしさ」と言って、ごほんごほんと咳《せ》き込んでいる。私のほうはずっと人生順風満帆で、なかなかの果報者ときて、ほらこの通り、スタニスラフ二等勲章までたまわり、今では他人様《ひとさま》にそのウト・コンセクティヴムを教える立場です。たしかに私は頭はわるくはない、たい

26　Ut consectivum. ラテン語。意味は本文に組み込んだとおり。

ていの人には負けない頭を持っている。でも、人の幸不幸は頭の良し悪しで決まるわけではありません……。

家で誰かが「乙女の祈り」[27] のピアノ曲を連弾している。

イリーナ　明日《あす》の夜にはもうこの「乙女の祈り」を耳にしなくてすむんだわ。プロトポーポフの顔を見なくっていいのね……。

間。

今もあの人、客間にでんと腰をすえているの。今日もやって来るなり……。

クルイギン　それはそうと、うちの校長先生、まだお帰りじゃないのかい？

先ほどから行きつ戻りつしているマーシャが舞台奥を横切る。

イリーナ　まだよ。さっき人を呼びにやったの。姉さんがいなくって、この家であたしひとりでいるなんて、とてもいたたまれないものよ……。姉さんは学校に寝泊まりしているの。校長先生だから一日中仕事で手が離せないの。ところが、あたしはひとりぼっちで退屈で、何もすることがないし、今暮らしている部屋もいやでしようがないの……。だからあたし決心したの、もしモスクワに行けないのなら、それでもいいって。つまり、それが運命なのよ。どうしようもないもの……。すべては神様の御心のまま。その通りだわ。そんなときに男爵が結婚を申し込んでくださったの……。どうすればよくって？　あたし、ちょっと考えて、決心したわ。あの人は立派な人よ、いえ、驚くほどいい人だわ……すると、突然心に羽が生えたみたいに、気持ちが晴れて、身も心も軽くなって、もう一度働きたい、働いてみたいという気持ちがわいてきたの……。ただ、ひとつ気がかりなのは、きのうのこと。なんだか得体の知れないものが、あたしに通せんぼうをしているの……。

チェブトゥイキン　「たわし」だよ、つまり「たわけ」だよ。

ナターシャ　（窓から）あら、校長先生！

クルイギン　お帰りのようだ。さあ行こう。

27　ポーランドの作曲家バダジェフスカ（一八三八～一八六一）の有名なピアノ曲。

イリーナと連れだって家のほうに向かう。

チェブトゥイキン　（新聞を読みながら、小声で口ずさむ）タララ……ブンビヤ……わたしゃ、小径に、腰かけてえ……。

マーシャが近づいてくる。舞台の奥ではアンドレイが乳母車を押している。

マーシャ　こんなところに御輿《みこし》をすえて、太平楽なものね……。

チェブトゥイキン　なんのことかね？

マーシャ　（腰を下ろす）べつに……。

間。

ママのこと、好きでいらしたの？

チェブトゥイキン　とても。

マーシャ　で、ママのほうは？

チェブトゥイキン　（しばらく間をおいてから）さて、どうだったかなあ。

マーシャ　あたしのいい人、来てる？　昔、うちの料理女のマルファが情夫の巡査のことを、そう言ってたわ。あたしのいい人、来てるって？

チェブトゥイキン　いいや、まだだ。

マーシャ　仕合わせのかけらを後生大事に集めていたら、やがてそっくり失ってしまうものなのね、私みたいに。それでだんだん気持ちがすさんで、意地悪な女になっていくんだわ。（自分の胸を指して）私、ここが苦しいの……。（乳母車を押しているアンドレイのほうを見やって）ごらんなさいよ、あれが、うちの兄のアンドレイ……。夢と希望のなれの果てよ。何千という人たちが力を合わせて大きな鐘を吊るし上げ、莫大な労力とお金をつぎ込んだ挙げ句、鐘はあえなく落下して粉みじん。いきなり、これといった理由もないのに。アンドレイがそうなの……。

アンドレイ　いったい、いつになったら家のなかが静かになるんだろう。うるさくってかなわないな。

チェブトゥイキン　もう少しの辛抱さ。（時計を眺め、それからネジを巻く。時計が時を打つ）私の時計は年代物でね、戦場でも一緒だった……。第一、第二、第五旅団は一時に出発だ。

間。

わが輩もあした発つ。

アンドレイ 行ったきりですか？

チェブトゥイキン 分からんね。ひょっとすると、一年後に戻ってくるかもしれない。どうなるか、分からんがね……どうでもいいさ……。

どこか遠くで竪琴とバイオリンの音が聞こえる。

アンドレイ 町が淋しくなるなあ。まるで大きな幕をおっかぶされたような格好だなあ。

間。

きのう劇場の前で何かあったらしいですね。みんなその噂で持ちきりなんですが、ぼくは何も知らない。

チェブトゥイキン なんでもないよ。バカげたことさ。ソリョーヌイが男爵に言いがかりをつけたんだが、男爵がそれでかっとなってソリョーヌイを侮辱した。それで、とどのつまり、ソリョーヌイが男爵を決闘に呼び出すはめになったってわけだ。（時計に目をやる）どうやら、時間のようだ……。十二時半、官立植林公園で、ここから川向こうに見えるあの場所だ……。バン、バーン。（声を立てて笑う）ソリョーヌイはレールモントフ気取りで、詩まで書いている。冗談はさておき、あの男、これで決闘は三度目だそうだ。

マーシャ　誰が？

チェブトゥイキン　ソリョーヌイさ。

マーシャ　で、男爵のほうは？

チェブトゥイキン　そんなこと知るもんか。

間。

マーシャ　私、何がなんだかさっぱり分からない……。でもやはり、二人にそんなまねをさせちゃいけないわよ。あの人、男爵に傷を負わせるかもしれない。ことによったら、命取りになるかもしれないわ。

チェブトゥイキン 男爵はいいやつですが、男爵が一人多かろうが少なかろうが——どうでもいいんじゃないかな? やらせておけばいい! どうでもいいさ!

庭の向こうで「おーい! ヤッホー!」と大きな声。

そんなに急ぎなさんなって。あれは介添人のスクヴォルツォフの声だ。ボートから呼んでるんだ。

間。

アンドレイ ぼくの考えでは、決闘をやるのもそれに立ち会うのも、たとえ医者の立場にせよ、道義的に許されないんじゃないかと思いますね。

チェブトゥイキン そんな気がするだけさ……。世の中には何もありゃしないんだ。われわれだっていやしない、存在せんのだ。ただ、存在しているように見えるだけ……。どうでもいいさ!

マーシャ こんなふうに一日中意味もないおしゃべりばかり……。(歩いて行こうとする) 今にも雪が降り出しそうなお天気だって鬱陶しいのに、こんなおしゃべりを聞かされて、うんざりだわ……。（立ち止まって）私、あの家には入らない。出入りするのもいや……。ヴェルシーニンさんが見えたら、教えて……。（庭の小径を歩いていく）もう渡り鳥が飛んでいくのねえ……。（空を見上げて）白鳥かしら、雁かしら……かわいい鳥だこと、仕合わせねえ、あなたたちは……。（退場）

アンドレイ　うちの家も淋しくなるなあ。将校やあなたもいなくなって、その上妹まで嫁に行っちまったら、残るのはぼくひとりだ。

チェブトゥイキン　奥さんがいるじゃないか。

フェラポントが書類を抱えて登場。

アンドレイ　妻は、妻です。あれは誠実でしっかりした女です。いや、気だてのやさしい女だと言ってもいい。でもね、それにもかかわらず、あの女には何だか浅ましい、ちっぽけな毛むくじゃらの、暗闇にひそんでいる獣《けもの》のようなところがあるんです。どう見たって、あれは人間じゃない。こんなことを話すのは、あなたを親友だと思うからです。胸の内を打ち明けられるのはあなたしかいない。ぼくはナターシャを愛しています。それはそうなんですが、ときとして家内がとても下劣な女性に思われることがある。そうなると、ぼくの信念はぐらつき、分からなくなるんです。なぜ、どうしてぼくが家内を愛しているのか、いや、少なくとも、かつて愛することができたのか……。

チェブトゥイキン（立ち上がって）いいかね、アンドレイ、私は明日《あす》発っていく、ひょっとするともう二度と会うことはないかもしれん。だから、最後に忠告しておく。そうと分かったら、帽子をかぶって手に杖を持って、すたこらこの家を出て行きたまえ……とっとと先へ進むんだ。だが、けっして振り返るんじゃない。できるだけ遠くに行きたまえ、それに越したことはない。

ソリョーヌイが二人の将校と連れだって舞台奥を通り過ぎていく。チェブトゥイキンに気づいて、ソリョーヌイは彼のほうにやって来る。将校はそのまま歩いていく。

ソリョーヌイ 先生、時間ですよ！ もう十二時半です。（アンドレイと挨拶を交わす）

チェブトゥイキン いま行くよ。手を焼かせる連中だなあ。（アンドレイに）私の居場所をきかれたら、すぐ戻ると伝えてくれ……。（溜息をつく）やれやれ、まったく。

ソリョーヌイ　あっと言う間もあらばこそ、熊は猛然と男に襲いかかりぬ。（チェブトゥイキンと一緒に歩いていく）先生、何をぶつくさこぼしてるんです？
チェブトゥイキン　なんだとお？
ソリョーヌイ　ご機嫌は？
チェブトゥイキン　（苛立って）まるで日に当てられたバターのごとし、最悪だよ。
ソリョーヌイ　なにもカリカリすることはありませんよ。手間は取らせません、ぼくはただあの男にズドンと一発お見舞いしてやるだけです。ヤマシギを撃ち落とすみたいにね。（香水を取り出して、両手に振りかける）今日は一瓶使ったのに、まだいやな臭いが消えない。死体の臭いがするんだ、この手は。

間。

ところで……こんな詩をご記憶ですかな？　「反逆の子は嵐を乞いねがう、嵐のなかに安らぎがあるかのように……」[28]。
チェブトゥイキン　ああ、知っとるよ。あっと言う間もなく、熊は猛然と男に襲いかかりぬ、だろう。（ソリョーヌイと退場）

「ヤッホー、おーい」という声。アンドレイとフェラポント、登場。

フェラポント どうか書類に署名を……。

アンドレイ (いらいらしたようすで) ぼくに構うな! 構わんでくれ! 何度言ったら分かるんだ! (乳母車を押して退場)

フェラポント 署名してもらわんと、書類にならんもんで……。(舞台の奥に退場)

イリーナ、麦藁帽子姿のトゥーゼンバフ、登場。「おーい、マーシャ、おーい!」と声をあげながらクルイギンが舞台を横切る。

トゥーゼンバフ この町から軍人たちが出ていくのを喜んでいるのは、あの人だけでしょうね。

イリーナ 無理もないわ。

間。

町は淋しくなってしまうわね。

トゥーゼンバフ　イリーナさん、ぼくちょっと出かけてきます。

イリーナ　どこへいらっしゃるの？

トゥーゼンバフ　町に用事があって、その足で……友だちを見送ってきます。

イリーナ　嘘よ……。どうなさったの、今日はなんだか上の空よ。

間。

きのう劇場の前で何があったの？

トゥーゼンバフ　（そわそわと）一時間後には戻って、それからはずっとあなたのそばから離れないでいますよ。（イリーナの両手にキスする）ああ、いとしい人……。（イリーナの顔をのぞき込みながら）あなたに恋してもう五年になるけど、ぼくは

---

28 レールモントフの詩「帆」（一八三二）。原詩は以下のとおり。「白い帆かげひとつ、蒼き海原の霧のなかに浮かぶ、遠き異国にそれは何を求めるのか、ふる里に何を見すててきたのか……／波はさかまき風はうなる、帆柱はたわみ呻きをあげる、ああ、それは幸福を求めているのではない、幸福から逃げようとするのでもない／下を見れば瑠璃色のうしお、上を見れば金色の日のひかり、反逆の子は嵐を乞いねがう、嵐のなかに安らぎがあるかのように」

まだどうしてもそのことになじめないんです。それどころか、あなたがますますきれいになっていく気がする。このたぐいまれな、魅力的な髪！　この目！　ぼくは明日《あす》あなたを連れてここを発ちます。ぼくたちは働いて、お金持ちになって、ぼくは夢を羽ばたかせるんです。きっとあなたを仕合わせにします。でも、ただひとつ、たったひとつぼくの心をさいなむ棘《とげ》がある――あなたはぼくのことを愛していない！

イリーナ　それはあたしの力ではどうにもならないの！　あたし、あなたの妻になります、誠実で従順な妻になります。でも、愛はないの。どうしようもないの！（さめざめと涙を流す）あたし今まで人を愛したことが一度もないの。これまでも、あたしずっと愛にあこがれてきた。今だって、昼も夜もあこがれ続けているの。でも、あたしの心は、蓋を閉じて鍵をなくした高価なピアノのようなの。

間。

あなたの目、なんだか落ち着きがないわ。

トゥーゼンバフ　一晩中眠れなかったんです。ぼくの人生には、このぼくを怯《ひる》ませるような恐ろしいことは何もありません。でも、そのなくした鍵が、ただそれだけがぼくの心をさいなみ、ぼくを眠らせないんです。ねえ、何か言ってください。

間。

イリーナ 何を？　何を言えばいいの？　あたりは何もかも謎めいていて、古びた木々がじっと押し黙って、たたずんでいるわ……。（頭を彼の胸にあずける）さあ、何か言って……。

トゥーゼンバフ さあ、何か言って。

イリーナ 何を？　何を言えばいいの？　何を？

トゥーゼンバフ なんでもいいです。

イリーナ もういいわ！　よしましょう！

間。

トゥーゼンバフ とてもささいで愚にもつかないことが、人生では、ひょんなことからのっぴきならない事態に発展することがあるんですねえ。最初のうちは、いつもの調子で笑い飛ばして、高をくっているんだけれど、やがて、これは止められないぞという気になってくるんだ。もういい、やめましょう、こんな話！　ぼくは愉快でならないんですよ。生まれてはじめて、このエゾ松だとか、楓《かえで》だとか、白樺を目にする気分なんです。相手の木のほうも興味津々ぼくを眺めていて、何かを期待しているような気がする。なんて美しい木なんだろう。いや、そのまわりの生活だって、これと同じように美しいにちがいないんだ。

「おーい、ヤッホー」という声。

行かなくっちゃ。そろそろ時間だ……。おや、あの木は立ち枯れてますね。それでもほかの木と一緒に風に揺れている。たとえぼくが死んでも、ぼくもあんなふうになんらかの形で、きっとこの生活の仲間入りをするんだろうな。さようなら、ぼくのイリーナ……。（イリーナの両手にキスする）あなたがぼくにくださった手紙のたぐいは、ぼくの机のカレンダーの下にありますからね。

イリーナ　あたしも、一緒に行く。

トゥーゼンバフ　（不安になって）ダメです、ダメです！（足早に立ち去り、庭の小径で立ち止まる）イリーナ！

イリーナ 何？

トゥーゼンバフ （何を言うでもなしに）ぼくは今日コーヒーを飲まなかった。いれておくように言っておいてください……。（足早に退場）

イリーナは考え込んだままたたずんでいるが、やがて舞台の奥に歩いていって、ブランコに腰を下ろす。乳母車を押しているアンドレイが登場。フェラポントがあらわれる。

フェラポント アンドレイ・セルゲーイチさん、書類はわしのもんじゃのうて、お上《かみ》のもんです。こんなもの考え出したのは、わしじゃありません。

アンドレイ ああ、どこに行ったんだ、どこに消えたんだ、ぼくの過去は？ ぼくがまだ若くて快活で、頭がよかったあのころ、大きな夢や思想に胸をふくらませていたあのころ、現在と未来が希望にかがやいていたあの過去はどこに消えたんだ？ どうしてぼくらは生活をはじめたとたんに、退屈でつまらない人間に成り下がってしまうんだろう。面白くもない、怠惰で無関心な、なんの益もない不幸な人間に身を持ち崩してしまうんだろう……。この町はもう二百年もの歴史があって、住人は十万人を数えるというのに、どいつもこいつも似たりよったりで、過去にも現在にもひとりの殉教者、ひとりの学者、ひとりの芸術家も生み出したことがない。他人の鑑《かがみ》となるような名のある人物など出てきたためしがない。ここの連中はただ食って飲んで、眠って、やがて死んでいくだけ……。若い世代が育っても、これまた食って飲んで、眠るだけで、あまりの退屈さでバカにならないがために、胸くそのわるくなるような噂や、ウオッカやカードや、ねたみそねみで生活をまぎらしているにすぎない。女房どもは夫を裏切り、夫はといえば、嘘八百をならべたて、見ざる聞かざるを決めこむばかり。こうした俗悪な影響は否応なく子供たちをいじけさせ、せっかくの天与の才能も光をうしない、とどのつまりがその子も父親や母親と同様、お互い似通った哀れな亡者に成り下がってしまうんだ……。（フェラポントに、腹立たしげに）なんの用だ？

フェラポント なんです？　書類にご署名を。

アンドレイ お前さんには、もううんざりだよ。

フェラポント （書類を差し出して）さっき役所の守衛から聞いたんですがね……。なんでも、ペテルブルグじゃ冬場はマイナス二百度まで冷え込むんだそうで。

アンドレイ　現在はおぞましいが、未来のことを考えるとうっとりするなあ！　心が軽くなって、ゆったりした気分になってくる。遠くで光がきざして、ぼくには自由というものが見えてくる。ぼくやうちの子供たちがこのぐうたらな生活を抜けだし、クワスやキャベツ詰めの鵞鳥料理や昼飯のあとの昼寝や、無為と怠惰な生活から解放された姿がありありと目の前に浮かんでくる……。

フェラポント　なんでも、二千人が凍えておっ死《ち》んだそうですよ。そりゃあもう、みんな肝をつぶしてるらしいです。ペテルブルグだったかモスクワだったか、そこはよう憶えとりませんが。

アンドレイ　（やさしい気持ちになって）ああ、ぼくの姉さん、妹たち！（涙声になって）マーシャ、イリーナ……。

ナターシャ　（窓から）誰だい、こんなところで大声あげて？　あんたなの、アンドレイなの？　ソーフォチカを起こしちゃうじゃないの。「ソウオン・タテネ。ラ・ソフィー・スデニ・ネトンドル。アナタ・クマ・ミタイブル」[29]。（腹を立てて）そんなにおしゃべりがしたいなら、赤ん坊と乳母車を誰かにあずけなさいよ。

フェラポント、旦那さまから乳母車を取り上げておしまい!

フェラポント かしこまりました。(乳母車をあずかる)

アンドレイ (困ったようすで)でかい声なんか出していやしないさ。

ナターシャ (窓の向こうで、子供をあやしながら)ボービクちゃん! いたずらっ子のボービクちゃん! おやおや、わるい子でちゅねえ!

アンドレイ (書類に目をやって)よかろう、書類に目を通してやるよ。必要とあらばサインもするから、お前はまたこれを役所に持って帰ってくれ……。(書類を読みながら家に入る。フェラポントは乳母車を押していく)

ナターシャ (窓の向こうで)ボービクちゃん、ママの名前はなあに? お利口さんでちゅねえ! じゃあ、この人だあれ? オリガおばさん。じゃあ、言ってみて、「こんにちは、オリガおばさん」って。

村を流して歩いている男と娘の楽士がバイオリンと竪琴を奏でている。家からヴェルシーニン、オリガ、アンフィーサが出てきて、黙って音楽に聞き入る。イリーナが近づいていく。

オリガ　うちの庭は、通りがかりの人や馬車が行ったり来たり、まるで通りぬけのできる庭みたいね。ばあや、この楽士さんたちに何か差し上げて。

アンフィーサ（楽士にお金を渡す）どうぞ、お達者で。（楽士は一礼して去っていく）かわいそうな人たちですね。ひもじいことがなけりゃ、何もあんなことせんですみますのに。（イリーナに）まあ、イリーナさん！（イリーナにキスする）えーえ、お嬢さん、ばあやは、ほら、この通り生きとりますよ！　ほら、この通りピンピンしておりますよ！　中学校の官舎に、このオリガさんと一緒に暮らしとります。もうええ年齢《とし》じゃから言うて、神様がお恵みくださったとです。生まれてこのかた、この罰当たりのばあや、こんな暮らしはやったこともありませんです。家は大きな官舎で、このばあやは一部屋まるまる、それに寝台までちょうだいしとります。何から何まで、全部お上《かみ》のものです。夜中に目を覚ましては、神様、聖母様、このばあやほど仕合わせな人間はおりません、とそう申し上げているんでご

29　原文はフランス語で以下のとおり。Il ne faut pas faire du bruit, la Sophie est dormée déjà. Vous êtes un ours.「騒がしい音を立てないで。ソフィーはもう寝てるんだから。あなたは熊よ」

ざいますよ。

ヴェルシーニン （時計をのぞき込んで）オリガさん、そろそろ旅団が出発します。私もおいとましなければなりません。

間。

どうぞ、くれぐれも、くれぐれもお元気で……。マーシャさんは、どちらに？

イリーナ たしか庭にいるはずよ……。あたし探してきます。

ヴェルシーニン 恐れ入ります。私、急いでおりますので。

アンフィーサ それじゃあ、このばあやも探しにまいります。（大きな声を張りあげて）マーシェンカ、マーシェンカ！

イリーナと一緒に舞台奥に退場。

マーシェンカー、マーシェンカー！

ヴェルシーニン 何事にも終わりがあるものですね。私たちもこれでお別れです。（時計を見やる）今日、町の役所が朝食会のようなものを開いてくれましてね、みんなでシャンペンをいただきました。市長の挨拶があって、私は食事をいただきながら拝聴していたのですが、心はこの、こちらのみなさんのところに飛んでおりました……。(庭を見渡して)すっかりみなさん方になじんでしまいました。

オリガ いつかお会いできることがあるでしょうかしら?

ヴェルシーニン おそらく、ないでしょう。

間。

家内と二人の娘は、あと二カ月ここに残してまいります。何かありましたら、あるいはお手を煩《わずら》わせるようなことがありましたら、どうか……。

オリガ ええ、ええ、もちろんですわ。どうぞ、ご心配なく。

間。

明日《あす》にはもう町にはひとりの軍人さんもいなくなって、すべてが思い出になってしまうんですねえ。もちろん、私たちにとっても、新しい生活のはじまりですが……。

間。

何事も思い通りにはならないものですわね。私は校長になんかなりたくなかったのに、なってしまいました。これでもうモスクワには帰れませんわ……。

ヴェルシーニン　さてと……何から何までありがとうございました。もし、至らぬ点がありましたら、どうかお許しを……。私は、その、それにつけても、おしゃべりがすぎました。これもまた、お許し願います。どうか、わるくお思いにならないように。

オリガ　（涙をぬぐいながら）どうしてマーシャは来ないのかしら？

ヴェルシーニン　さて、お別れにまだ何を申し上げたものでしょうな？　どんな哲学談義をいたしましょうか？……（声をたてて笑う）たしかに生活はつらい。現在の生活は私たちの多くには、光明も希望もないものに見えます。しかし一方、この生活がますます光にみちた愉しいものになりつつあるのもたしかです。どうやら、生活が文字通りうららかなものになるのも、そう遠い話ではない。（時計に目をやる）もう行かなくてはなりません、時間です！　かつて人間は戦《いくさ》に心血をそそぎ、軍を動かしたり奇襲をかけたり、敵に打ち勝つことに明け暮れてきました。しかし、今ではそんなことは遠い昔話になっている。あとに残されたのは、ぽっかりあいたとてつもなく大きな空虚で、今のところそれを埋める手立てがない。今や人類はその手立てを血眼になって探しまわっていて、やがてそれを見つけるでしょう。それにしても、その手立てが一刻も早く見つかればいいのですが。

間。

どうでしょう、もし労働へのあこがれに教育をつけ加え、教育に労働の意欲を加えたとしたら。（時計を見る）それにしても、もう時間です……。

オリガ ほら、あの子が来ましたわ。

マーシャ、登場。

ヴェルシーニン お別れにまいりました……。

オリガ、二人の別れを邪魔しないように、わきに下がる。

マーシャ　（ヴェルシーニンの顔を見つめて）お別れなのね……。

　長い接吻。

オリガ　もういいわ、もういいわね……。

　マーシャ、激しく泣きじゃくる。

ヴェルシーニン　手紙をください……忘れないで！　さあ、もう放して……。オリガさん、この人をお願いします。私……行かなくては……遅れてしまいました……。

（感に堪えないようすで、オリガの両手にキスをし、次いでもう一度マーシャを抱きしめると、足早に退場）

オリガ　もういいの、マーシャ！　およしなさい、ねっ……。

　クルイギン、登場。

クルイギン　（困惑した様子で）構いません、少し泣かせておきましょう、泣けばいい……。さあ、マーシャ、やさしいマーシャ……。君はぼくの妻で、ぼくは仕合わせだよ、どんなことがあろうともね……。ぼくは泣き言は言わない、君を非難しようとも思わない……。このオリガが証人だ……。また昔のように暮らそうね、ぼくは断じてこのことにふれるつもりはないし、匂わすようなまねもしない……。

マーシャ　（涙をこらえて）入江のほとりに、緑なす樫の木ひとり、黄金《こがね》の鎖をその身にまとい……、黄金の鎖をその身にまとい……。あたし、気がちがいそう……入江のほとり……緑なす樫の木ひとり……。

オリガ　気をしずめて、マーシャ……さあ、気をしずめるのよ……。この子に水を持ってきて。

マーシャ　あたし、もう泣かない……。

クルイギン　もう泣いちゃいない……ああ、いい子だ……。

遠くから鈍い銃声が聞こえる。

マーシャ　入江のほとり、緑なす樫の木、黄金の鎖身にまとい……。緑なすネコ……緑なす樫……。あたし、頭がこんぐらかって……。（水を飲む）失敗に終わった人生……あたし、もう、何にもいらない……すぐに落ち着くわ……もう、どうでもいい……入江のほとりって、なに？　どうして、この言葉が頭から離れないの？　頭のなかがごっちゃになってる。

イリーナ、登場。

オリガ　落ち着くのよ、マーシャ。そう、お利口さんね……。部屋に行きましょう。

マーシャ　（吐き捨てるように）行かない、あたし。（わっと泣き崩れるが、すぐさま泣きやんで）あたし、あの家には出入りしないの、だから行かないの……。

イリーナ　さあ、ここに一緒に腰を下ろしましょう。話なんかしなくていいの。あした、あたし、ここを出ていくでしょう……。

間。

クルイギン　きのう三年生のクラスのある男子生徒から、ほら、この口ヒゲと顎ヒゲを取り上げたんだ……。（仮装用の口ヒゲと顎ヒゲをつけてみせる）こうすると、ドイツ語の先生にそっくりでね……。（声をたてて笑う）ねっ、そうだろう？　男の子ってのは、面白いねえ。

マーシャ　ほんと、あなたのお友だちのドイツ人にそっくり。
オリガ　（声をたてて笑って）そうね。

マーシャ、さめざめと涙を流す。

イリーナ　もういいわ、ねえ、マーシャ！
クルイギン　実にそっくりだ……。

ナターシャ、登場。

ナターシャ　（小間使いに）なんだって？　ソーフォチカの面倒はプロトポーポフさんが見てくださってるよ、ボービクは旦那さまと散歩させときゃいいの。まったく、子供って世話が焼けるわね。（イリーナに）あなた、あした発つんでしょ、残念だわ。もう一週間いればいいのに。（クルイギンを見たとたんにギャッと悲鳴をあげる。クルイギンは声をたてて笑って、口ヒゲと顎ヒゲを取る）ほんと、先生ったら、人を驚かせて！（イリーナに）あたし、あなたと一緒に暮らすのが当たり前になってるでしょ、だからお別れするのがつらいのよ、分かるでしょう？　これから、あなたの部屋にはアンドレイとバイオリンを移らせようと思うの。あの人はそこでバイオリンをギーコギーコやればいいのよ。それでアンドレイの部屋はソーフォチカの部屋になるわけ。あの子ってすごいのよ！　ほんとお利口な女の子！　今日もちっちゃなお目々であたしを見るなり、「ママ」って言うじゃない！

クルイギン　あれはすばらしい子だ、本当に。

ナターシャ　あしたからあたし一人ってわけね。（溜息をつく）まず、あのエゾ松の並木を切らせるわ、それからこの楓。この木って、夜になると不気味だし、不格好だもの……。（イリーナに）ねえ、イリーナ、そのベルト、全然あなたに似合わなくってよ……。趣味がわるいわ。もう少し明るい色になさいよ。あたし、ここにもそこにも花を植えさせようと思うの、きっといい匂いがするわ……。（いかめしい口調で）なんでベンチの上にフォークがころがってるんだい？（家のほうに歩いていって、小間使いに）どうしてベンチにフォークがころがってるんだい、ええ、どうしてなんだい？（声を張りあげて）お黙りっ！

クルイギン　また癇癪玉《かんしゃくだま》がはじけた！

舞台裏で行進曲の音楽。一同、聞き耳をたてる。

オリガ 出発だわ。

チェブトゥイキン、登場。

マーシャ みんな発っていくのね。仕方ないわ……。道中ご無事で！（夫に）帰りましょ……。あたしの帽子とケープ、どこかしら？

クルイギン 私があの家に入れておいたんだ……。あとから持って帰るよ。（家に向かう）

オリガ そうね。私たちもそれぞれ家に帰りましょう。そろそろ時間だわ。

チェブトゥイキン オリガさん。

オリガ 何？

間。

なんですの？

チェブトゥイキン　いえ、実はね……。どう申し上げればいいのか……。（オリガに耳打ちする）

オリガ（驚いて）まさか、そんな！

チェブトゥイキン　ええ……そういうことです……私はもうヘトヘトだ、精根つきはてました。これ以上話す気にもなれん……。（忌々しそうに）それにしても、どうでもいいさ！

マーシャ　どうしたの？

オリガ（イリーナをかき抱いて）なんて恐ろしい日なんだろう、今日は……。あなたたちになんと言えばいいのか……。

イリーナ　どうしたの？　言ってよ、何があったの？　お願い！（さめざめと涙を流す）

チェブトゥイキン　いましがた、決闘で男爵が殺された。

イリーナ　あたし、分かってた、分かってたわ……。

チェブトゥイキン（舞台奥のベンチに腰を下ろす）もうヘトヘトだ……。（ポケットから新聞を取り出す）泣かせておきなさい……。（小さな声で口ずさむ）タ・ラ・

ラ……ブンビヤ……わたしゃ　小径に　腰かけてえ……。どうでもいいさ！

三人の姉妹がお互い身を寄せ合って立つ。

マーシャ　ああ、音楽が鳴っている！　あの人たち、あたしたちを置いてみんな発っていくんだわ。ひとりはすでに永久《とわ》の世界に旅立ち、二度と戻ってはこない。あたしたちだけが残されて、新たに生活をはじめるのね。生きていかなくてはならないのね……生きていかなくては……。

イリーナ　（オリガの胸に頭をあずけて）やがて時が来れば、どうしてこんなことになったのか、なんのために苦しんできたのか、それが分かる日がやって来る。そうなれば、わけの分からない秘密も何もなくなってしまうんだわ。でも、それまで生きていかなくてはいけないのね……。働かなくてはいけないのね。必要なのは、ひたすら働くことだけ！　あした、私はひとりでここを出ていく。学校で教えて、私を必要とする人たちのために私の生涯を捧げるわ。今は秋、やがて冬がやって来て、雪にすっぽりくるまれてしまうけれど、私、働くわ、ずっと働きつづけるわ……。

オリガ　（二人の妹を抱きしめて）音楽があんなに愉しそうに、力強く鳴りひびいてい る。それを聞いていると、つくづく生きていたいと思う！　ああ、神様！　時が 経って私たちが永久にこの世をあとにすれば、私たちのことは忘れ去られてしま う。私たちの顔や声や、私たちが何人の姉妹だったかも忘れられてしまうんだわ。 でも、私たちが味わったこの苦しみは、私たちのあとから生まれてくる人たちの 歓びに変わっていき、やがてこの地上に仕合わせと平安が訪れるの。そのときに は人々は今生きている私たちのことを感謝をこめて思い出し、きっと祝福してく ださるわ。ねえマーシャ、ねえイリーナ、私たちの人生はまだ終わりじゃないの。 生きていきましょう！　音楽はあんなに愉しそうに、あんなにうれしそうじゃな い。もう少し経てば、私たちが生きてきた意味も、苦しんできた意味もきっと分 かるはず……。それが分かったら、それが分かったらねえ！

次第に音楽が小さくなっていく。笑みを浮かべた上機嫌のクルイギンが帽子とケープを持って歩いていく。アンドレイはボービクを乗せた乳母車を押している。

チェブトゥイキン　（小さな声で口ずさむ）タラ……ラ……ブンビヤ……わたしゃ、小径に腰かけてえ……。（新聞を読む）どうでもいいさ！　どうでもいいさ！

オリガ　それが分かったら、それが分かったらねえ！

幕

解説

浦　雅春

「空白」を生きる

チェーホフは一八六〇年に生まれ一九〇四年に亡くなった。日本の作家にあてはめれば、一八五九年生まれの坪内逍遙、一八六二年生まれの森鷗外、一八六四年生まれの二葉亭四迷と同年配にあたる。二葉亭が『浮雲』を書いた一八八七年はチェーホフの名がロシアでも高まりつつあった時期にあたり、彼がサハリン旅行を敢行した一八九〇年には鷗外の『舞姫』が発表されている。漱石の『吾輩は猫である』が書かれたのはチェーホフが亡くなった翌年一九〇五年のことだ。

チェーホフの活動の時期はこうした日本の作家と重なるが、両者の立場はずいぶんちがっている。明治の作家が江戸時代の人情本や戯作本の伝統と切れて、一から新しい文学を築こうとして、「内面」や「風景」を発見し、そこから「言文一致」という新しい言葉を発明していったのにたいし、チェーホフには発見すべきものなど何も残されていなかった。

ヨーロッパの辺境であるロシアの近代文学はヨーロッパに大きく立ち遅れ、一九世紀に入ってようやく本格化した。しかし、その後の展開はすさまじく、一九世紀の前半にプーシキンがまず詩から小説に至る近代文学のいしずえを築いたのも束の間、レールモントフやチュッチェフ、フェート、ネクラーソフといった詩人、ゴーゴリ、ゴンチャロフ、トゥルゲーネフ、ドストエフスキー、トルストイ、チェルヌイシェフスキーなどの小説家がロシア文学界を席巻した。ヨーロッパが何世紀にもわたって経験した感傷主義からロマン主義、リアリズムを経てモダニズムに至る芸術潮流をロシアはわずか一世紀で駆け抜けたのである。

チェーホフはこの華々しいロシア文学の光芒のあとに登場した。すでにトゥルゲーネフが『父と子』を書き、ドストエフスキーが『罪と罰』『悪霊』『カラマーゾフの兄弟』の問題作を発表し、トルストイが『アンナ・カレーニナ』『戦争と平和』の大作を世に問うたあとだった。しかもチェーホフが文壇にデビューした一八八〇年代には、すでにこれら巨匠は一線を退き、ロシア文学界は文字どおり「空白の時代」に突入していた。しかもチェーホフは、ロシア文学を支えてきた伝統的で本格的な由緒ある文芸雑誌ではなく、そのころ擡頭《たいとう》しはじめた安手の小雑誌からこっそり登場した。いわば「わき道」から文学界に入り込んだのである。

ロシア文学の重圧

一八八六年、文壇の大御所グリゴローヴィチからの手紙はチェーホフの転機となった。グリゴローヴィチはまだ面識のないチェーホフに手紙を寄せ、「登場人物を描き、自然を描写する際のおそるべき正確さと真実味に一驚させられた」と書き、「私は六十五歳になる老人ですが、文学に寄せる愛情は以前と変わらず、熱心に評判作を追い、そこに何かしら血の通ったもの、才能の片鱗に出会うといつでも欣喜雀躍《きんきじゃくやく》してしまうのです」とその才能を絶賛したのだ。

チェーホフは思いがけない賞賛に感激した。「あなたの手紙は稲妻のように私を仰天させました。私はあやうく泣き出さんばかりになり、興奮し、いまもあなたの手紙が私の心のなかに深く痕跡をとどめていると感じずにはいられません」と感謝の返書を送った。グリゴローヴィチの手紙は改めてチェーホフに自分の立場を考え直させた。

裏口から文学に忍び込んだつもりだったのに、いつの間にか自分がトップを走っていたのである。

やがてチェーホフは今まで使っていたペンネームを捨て、本名で作品を発表するようになる。それと同時にロシア文学の大きな責任が彼の肩に重くのしかかった。『退屈な話』(一八八九)はその間の消息を思わずもらした作品だ。まだ三十歳にも満たないチェーホフはここで六十二歳の老教授を主人公に仕立てている。功なり名を遂げて、錚々《そうそう》たる名士を知己に持つこの主人公は、晩年に至って自分の内面がまったくの空虚であることに気づいて愕然とする。「およそいっさいのものに関して私がつくりあげる思想や感情や概念には、それらのすべてをひとつの全体にまとめあげる一般的なものが欠けている。あらゆる思想、あらゆる感情が、私のなかで互になんの関係もなく、別々に生きている」――この述懐は、おそらくチェーホフ自身の苦しい告白だったろう。思いがけずトップランナーに立たされたチェーホフは、より本質的な問題をさぐり当てるべく、危険と知りつつ自己の内面に降りていった。そこで見出したのは、あらゆる理念なり思想を一つに結び合わせる中心の欠如、「空白」だったのである。だが、チェーホフはこの虚無を暴き立ててはならぬと考えた。無謀にもその虚無に飛び込むことは、発狂したゴーゴリ、文学を放擲《ほうてき》したトルストイの悲劇を繰り返すことにほかならないからだ。

中心の喪失、あるいは中心の遍在

一八九〇年、チェーホフはサハリンに旅立った。当時のサハリンは犯罪者の流刑地であった。しかも、モスクワからサハリンまで、シベリア鉄道はまだ着工されていず、シベリアにはまともな道など存在しない。旅行というにはほど遠い無謀な冒険——それは死を覚悟した決死の行動だった。たしかにこの旅立ちは周囲の目にも突拍子もない行動に映った。本人が旅の理由を語っていないため、なぜチェーホフがサハリンにまで出かけなければならなかったのか、その理由はわからない。研究者は失恋の痛手をいやすためだとか、文学上の行き詰まりを打開するためだとか、さまざまな憶測を立てているが、結局のところ真相は藪のなか。サハリン行はチェーホフの生涯における最大の謎だ。とはいえ、それは『退屈な話』で顕在化させた精神的危機と無関係でないことだけはたしかだ。

サハリンを境にチェーホフの作品は大きく変化する。「閉所」もしくは「閉ざされた空間」のイメージが際立ってくるのだ。閉ざされた精神病棟を舞台に、閉じこめる医者と閉じこめられる患者の逆転を描いた『六号室』（一八九二）や、現実との接触を恐れて、自分の殻に閉じこもり、棺桶に入ってようやく穏やかな死に顔を見せる男を戯画的に語った『箱に入った男』（一八九八）は、文字どおり「閉ざされる」話であり、「閉じこもる」男の話だ。小説だけではない。無能な教授への仕送りのために人生を棒に振り、自棄《やけ》になって発砲騒ぎを起こしたワーニャ（『ワーニャ伯父さん』一八九七）は、やるせない和解のあと、その領地に閉じこめられる生活を余儀なくされ、みんなが新しい生活に向かって旅立ったあとに一人屋敷に取り残される従僕フィルス（『桜の園』一九〇四）は、残酷にも屋敷とともに封印されるのだ。そればかりか、サハリンとは一見無関係に見える『浮気な女』（一八九二）という小説においてすら、狭隘《きょうあい》な考えから抜け出せないヒロインの姿に「閉所」のイメージを見て取ることができる。サハリン以降、「閉所」もしくは「閉じこめられる」というテーマを持たない作品はないと言ってもいいくらいだ。そこに流刑地サハリンが影を落としていることは言うまでもない。ロシア自体が「閉ざされた」サハリン島にほかならないこと、いや、人間の存在そのものが「閉ざされた」ものであることを、チェーホフはサハリンで発見したのである。

チェーホフの発見はそれだけではなかった。幼い少女が何の罪の意識もなく売春に走り、人間と家畜がひとつ床に雑居するサハリンの現実は言語を絶した。これまで暮らしてきたモスクワの尺度では測りきれない現実にチェーホフは圧倒された。モスクワではないもう一つの現実──チェーホフはサハリンにもう一つの中心を発見した。いや、中心は一つではないと言ったほうが正確だろう。中心は遍在する──それはもはや中心とは言えない、「中心の喪失」である。『退屈な話』で老教授が見舞われた「あらゆるものを意味づける生ける神の喪失」をチェーホフはこのサハリンで再確認したのだ。そうした「中心の喪失」はサハリンでは、何ら悲劇的な様相を帯びることもなく、日常の様態として存在する。チェーホフはこの「中心の喪失」に闇雲《やみくも》に挑むのではなく、それを「人間の条件」として受け入れる眼を獲得した。そして一八九〇年以降の作品はこの視線の延長上に生み出されたのである。

「中心の喪失」はまた、作品の構造もしくは文体の変化を招いた。作品の構造としては、それは「主人公の消失」としてあらわれる。これは奇妙な言い方かもしれない。たしかに、後年の作品にも主人公は存在する。ここで言う「主人公の消失」とは、主人公の視点によって成立する世界がなくなることを意味している。先にふれた『退屈な話』では老教授の目からすべてが描かれる。彼の視点、彼の価値観にしたがってあらゆる人物と出来事が作品のなかに配置されていた。ところが、サハリン以降はそうしたパースペクティブを結ぶ「中心点」が消失するのだ。その結果、作品にいかなる事態が生じるか？　事物にしろ、人間にしろ、思想であるとか思念もすべて、何らかの価値体系のなかで上下もしくは遠近の関係にある位置を占めるのではなく、すべてが等距離にながめられるのだ。そこに現出するのは、起伏のない、のっぺりとした空間とでも言うべきものだ。

文体もまた変化した。サハリン以降、その作品では人間も事物も出来事も、感情を排した即物的な文体で、脈絡なく並列的に並べられるのだ。後年のチェーホフの小説はきわめて簡潔な文体に支えられている。複雑な構文や込み入った接続詞はほとんど出てこない。たんなる事実や場面や情況が、映画におけるカットの手法で、ベタに並列されるだけなのである。こう書けば、これが戯曲の方法に限りなく近いことが了解されるだろう。戯曲にはト書きはあるが、小説のように説明的な地の文はない。ただ、台詞《せりふ》が並列されるだけだ。台詞と台詞は映画のカットのように接続される。その間には論理的な整合性、論理的な脈絡はないのだ。

サハリン以降のチェーホフの小説は戯曲の構造をなぞるようになる。それどころか、晩年のチェーホフは創作の軸足を小説から戯曲に移していった。それは二つの出来事を同時に語ることができない小説の時間的制約から逃れるためであったし、複数の出来事を価値秩序にからめ取られず並列できる戯曲の融通無碍《ゆうずうむげ》な構造が魅力的であったからだろう。『三人姉妹』の冒頭、モスクワへ帰ることを願うオリガの台詞にチェブトゥイキンとトゥーゼンバフの「何をくだらん!」「もちろん、ラチもない話ですよ」という台詞がかぶせられているが、こうした複数の視点の同時共存こそ戯曲の特質である。中心を失い、意味の連関を欠いた世界を表現するには、戯曲の構造の方がふさわしいことをチェーホフは発見したのである。

戯曲の方へ

作品の数の上では戯曲は小説に遠くおよばないが、若いころからチェーホフは芝居の世界には並々ならぬ意欲を示していた。ここでは詳しくふれている余裕はないが、できれば彼の一幕物、いわゆるボードビルと呼ばれる作品を是非とも読んでいただきたい。井上ひさし氏の『ロマンス』はチェーホフを題材にした秀逸な芝居だが、そこで主調音をなしているのは「一生に一本でいい、うんとおもしろいボードビルが書きたいんです」という台詞だ。『熊』や『結婚申し込み』『披露宴』『創立記念祭』など、チェーホフのボードビルはどれを読んでも抱腹絶倒ものだ。

若書きの謎の戯曲『父なし子』をのぞけば、チェーホフが本格的な戯曲に取り組んだのは『イワーノフ』が最初だ。主人公のイワーノフは三十五歳の領主。数年前には周囲の反対を押し切ってユダヤ人女性と結婚したり、農地改革に熱意を燃やして社会の改革に取り組んだりしていたのに、今やどういうわけか、名状しがたい憂鬱に沈んでいる。そんなイワーノフに唯一理解を示すのが隣家の娘サーシャ。十五歳も年下のサーシャから愛を打ち明けられたイワーノフは次第に彼女に心を寄せていく。夫の裏切りに絶望した妻は自殺する。それから一年後、晴れてイワーノフとサーシャは結婚にこぎつける。だが、婚礼の席で自殺した前妻の主治医から卑劣漢となじられ、侮辱に耐えかねたイワーノフは憤死する。

この芝居は『イワーノフ　四幕五場の喜劇』と題されて、一八八七年十一月モスクワのコルシ劇場で初演された。チェーホフはこの芝居で、才能がありながら社会に居場所を見出せない、ロシア伝統の「余計者」論争に決着をつけるつもりだったが、大半の批評家はチェーホフの真意を理解できず、イワーノフを文字どおり「卑劣漢」と受け取った。チェーホフはこの誤解を取り除くべく、一八八八年から八九年にかけてこの芝居を何度も書き変えている。委細についてはここではふれないが、改作された『イワーノフ』は一八八九年一月にペテルブルグのアレクサンドリンスキー劇場で再演された。そのときの題名は『イワーノフ　四幕のドラマ』。芝居は「喜劇」から「ドラマ」へ、つまり「悲劇」へと変貌したのだ。

この改作作業は図らずも、この時期チェーホフが「主人公中心主義」から抜けだせなかったことを物語っている。イワーノフの悲劇を強調しようとするあまり、チェーホフはイワーノフの視点を強化する方向にのめり込んでいったのである。底なしの「中心化」の世界から脱却するには、やはりサハリンの経験が必要だった。

主人公の消失

『イワーノフ』とほぼ同じころにチェーホフは『ワーニャ伯父さん』の原型となる『森の主』を書いたが、これも評判は芳《かんば》しくなかった。「二度と大きな戯曲は書かない。時間もないし、才能もない」とチェーホフは劇作を放棄したような発言を残して、芝居を封印した。それからサハリンの体験を経て、六年の沈黙を破って発表したのが『かもめ』(一八九六)だ。

トレープレフは女優アルカージナを母に持つ若者。作家志望の彼は、母親への面当てから、恋人のニーナを主役に斬新な芝居を書き上げる。ところが芝居は母親からこき下ろされて、散々な失敗に終わり、トレープレフの鼻っ柱は手酷《てひど》くへし折られる。それどころか、恋人のニーナまでが母親の愛人である作家のトリゴーリンのもとに走り、彼は二重にも三重にも傷つく。それから二年、今やトレープレフは売り出し中の新進作家となっている。そこに女優の夢やぶれて、トリゴーリンから捨てられたニーナが戻ってくる。だが、運命に翻弄されたニーナの口からもれてくるのは「私はかもめ」という錯乱した言葉でしかない。しかも、相変わらずトリゴーリンを愛しているらしい。絶望したトレープレフは舞台裏でこっそり自殺する。

こう書けば、トレープレフが主人公であるかのように聞こえるが、この芝居にはもはや主人公はいない。作品全体はトレープレフの視点によって統御されているわけではない。ここには現実に翻弄されながら女優の夢を捨てきれないニーナの悲劇も、トレープレフへの報われぬ愛を引きずるマーシャの運命も、アルカージナとの腐れ縁を断ちきれないトリゴーリンの優柔不断の悲喜劇も、医師ドールンとポリーナのだらけた中年の恋も、すべてが等価に作品のなかに組み込まれている。つまり複数の視点が存在するのだ。『イワーノフ』の狭隘な「一人称の視点」を脱してようやくカモメは飛び立ったのである。

中年の憂鬱

先にもふれたように、『ワーニャ伯父さん』はサハリン以前（一八八九年末）に書いた『森の主』を改作したものだ。現在の形にまとまったのは『かもめ』の執筆後の一八九六年秋ごろ（つまりサハリン以後）だと推定される。

二つの作品を読み比べてみると、重要な台詞の大半は変わらないのに、作品の様相が一変していることに驚かされる。『森の主』の雑多な登場人物が整理されたことをのぞいて、大きな変更は以下の三点に集約できる。①芝居の中心がアーストロフ（『森の主』ではフルシチョフという名）からワーニャに移されたこと②ソーニャが美人から不美人に変えられたこと。これにともないソーニャとアーストロフの関係も相思相愛の関係から、成立しない恋愛関係に変えられた③『森の主』ではワーニャが自殺するのにたいして『ワーニャ伯父さん』では、ワーニャは自殺できない状況に置かれる。

なかでも重要なのは「自殺できないワーニャ」という設定だろう。これによって『ワーニャ伯父さん』のテーマはくっきりと浮かび上がった。それは「中年」という問題だ。どうやらチェーホフは登場人物を「中年」に設定することにかなり自覚的であったようだ。チェーホフのささやかな創作ノートともいうべき「手帖」には次のようなくだりがある。「以前の小説の主人公（ペチョーリンやオネーギン）は二十歳だった。だが、今では三十歳から三十五歳以下の主人公は使えない。やがてヒロインも同じことになるだろう」——そう書きとめているのだ。だが、それにしても、「中年」とはいったい何なのか？

セレブリャコフに振り回されてくたくただとこぼすエレーナにたいして、「あなたはご亭主だけれど、ぼくは自分自身を持てあましているんです」とワーニャは語る。そして、「まずは、ぼくをぼく自身と仲直りさせてください」と泣き言を言うのだ。なんと女々しい泣き言だろう。だが、ワーニャには、たしかに自分のあり方が承服しがたいのだ。まだ前途に未来でも開けていればいいが、その未来は閉ざされ、自分はデッドエンドにいる。もはや取り返しのつかない自分の人生のやり場にほとほと困り果てているのだ。

今に雨はあがるでしょう。そうすれば、自然界の生きとし生けるものはすべて甦《よみがえ》り、ほっと息がつける。ところが、このぼくだけは、この嵐でさえ甦らせることはできないんだ。人生は失われた、もう取り返しがつかない――そんな思いが、昼も夜も、まるで家の悪霊みたいに、ぼくの心をさいなむんだ。

自分との折り合いをつけられない苛立ち――それが中年の正体だ。

『森の主』でワーニャに当たる人物は、セレブリャコフの領地売却の話のあと、「母さん！　ぼくはどうすりゃいいんです？　いや、いい、言わなくっていい。どうすりゃいいのか、いちばんぼくが分かってる。（セレブリャコフに）いいか、思い知らせてやる！」と言って、舞台裏に引っ込み、そこで銃声が聞こえるという設定になっていた。『森の主』でのワーニャはセレブリャコフに発砲するのではなく、きっぱり自分で落とし前をつけるのだ。それは死をもっての抗議とも言えるだろう。つまり、死によって自分の行動の意味づけをすることができたのである。ところが、『ワーニャ伯父さん』では、アーストロフの鞄からモルヒネをくすねたにもかかわらず、それを取り上げられ、ワーニャは死ぬことすら許してもらえない。彼はこのなし崩しの生を生きなければならないのだ。自殺を封じられたワーニャはアーストロフに次のように訴える。

なんとかしてくれよ！　ああ、神様……。ぼくは四十七だ。六十まで生きるとして、まだ十三年ある。長いなあ！　この十三年をどう生きればいいんだ？　何をして、何でこの歳月を埋めればいいんだ？　君にも分かるだろう……。（いきなりアーストロフの手を握りしめて）分かるよね、残りの人生を新たに生き直せたらなあ。晴れやかでおだやかな朝に目を覚まし、自分はもう一度人生を新たにはじめるんだと感じられたらなあ。これまであったことはすべて忘れ、煙のように消し飛んでしまった――そんなふうに感じられたらなあ。（さめざめと泣く）新しく生活をはじめる……。教えてくれ、どうはじめたらいいのか……何からはじめればいいのか……。

人はこの台詞をどう受け取るだろうか？　往生際がわるいと思うだろうか？　これにくらべれば、『かもめ』で自殺するトレープレフはよほどいさぎよい。誤解を承知で言うのだが、死ぬことができれば、これほど楽なことはない。死ぬことは「青春」の特権であるとも言える。絶望して舞台裏で自殺するトレープレフは「青春」の特権を行使しえた。「死」によって一切のケリをつけることができたのだから。だが、ワーニャは死ぬことも許されない。それで、まだ生きなければならない人生を思って、ワーニャは「長いなあ！」と嘆息するのだ。その「長いなあ！」という言葉に万感の思いが込められている。その万感の思いの先に生の本質がかいま見られるかのように、残酷にもチェーホフはワーニャから死を取り上げたのである。

ここでもう一つ興味深い事実を伝えておこう。『三人姉妹』に関わることだが、当初の構想ではヴェルシーニンと恋に落ちるマーシャは自殺することになっていた。第一校では「あなた、何もしてないじゃない」というイリーナの非難がましい言い方に、「私、自殺を図ったの」とマーシャは応じることになっていたのだ。もしマーシャが命を絶っていたら、ドラマの深化はなかっただろう。マーシャの夫クルイギンはただの滑稽なお人好しに終わっていただろう。マーシャが生きながらえたために、クルイギンは妻の苦しみを受け入れる厚みのある人物となったのであり、終幕におけるマーシャとヴェルシーニンとの別れは、より痛ましくひびく。ひいてはマーシャが送った生の意味が観る者の心に浸透してくるのだ。終幕のマーシャの台詞、「あたしたちだけが残されて、新たに生活をはじめるのね。生きていかなくてはならないのね」にも、やはりワーニャと同じ「長いなあ！」という溜息が聞きとれる。

　自殺もできず生きながらえること――それが中年の核心にある。

「青春文学」vs.「中年文学」

　考えてみれば、世の大半の文学は「青春文学」ではないだろうか。愛する人がいて、だがそこに乗り越えることのできない壁にぶち当たって主人公が命を絶つ。あるいは輝かしい未来が約束され、それを成し遂げる野心もありながら、その夢がついえて挫折する。『若きウェルテルの悩み』しかり、『車輪の下』もまたしかり。

　ここで「青春文学」と「中年文学」の時間のあり方を図示してみよう。そうすれば、「中年」が抱える問題の所在がよく見えてくるはずだ。以下の図で、○は「未来」を、□は「現在」をあらわしている。●は「過去」を、また×は「（自）死」を示している。

青春文学　○↑□（「現在」の先には何らかの夢なり希望の「未来」がある）
×↑□（その「未来」は失恋や挫折によって断ち切られる）

チェーホフの戯曲にあてはめて言えば、最初の図は『かもめ』のニーナ、次の図は『かもめ』のトレープレフや『三人姉妹』のイリーナがこれに当たる。
これにたいして「中年文学」のありようは以下のように示すことができる。

中年文学　□↑□（「中年」の基本的なあり方）
□↑○↑□（トリゴーリンのように一時の迷いからまたもとの鞘に収まる例）

ちなみに、「老人」の時間のあり方を示せば、
□（＝●）↑□（＝●）
となるかもしれない。どこまでも続く「現在」は中年の場合と同じだが、その「現在」が過去の思い出と同化している点がちがう。『かもめ』のソーリンや、『三人姉

妹』のチェブトゥイキン、『桜の園』のガーエフや従僕のフィルスがこれに当たる。図からもわかるように、「中年文学」においては、「青春文学」のような「未来」はない。『ワーニャ伯父さん』のアーストロフは、「ぼくにはあの遠くでまたたいている灯りがないんです」と語っているが、その灯りに相当する手近な目標も、到達して安堵できる終着点も存在しない。それに代わってあるのは、ただただ「現在」の推移だけ。「永遠の現在」と言えば聞こえはいいが、なんのことはない、それこそ「生き地獄」とでも言うべきものだろう。終着点がないのだから、さながらシジフォスの神話そのものではないか。

「中年」はその「永遠の現在」、はじめも終わりもなく、そしてなんの光明もない「現在」をひたすら生きなければならないのだ。その結末のない「現在」に直面して、死を奪われた人間は「長いなあ！」と溜息をつくほかない。それにしても、終わりのない「現在」を生きるとは、なんと憂鬱なことか……。

ところで「中年文学」の図には×印にあたる「死」も「結末」もないことは、決定的に中年には行動や行為が欠落していることを意味している。中年のワナにおちいった人間は行動や行為の起点である「決断」をも奪われているのだ。『かもめ』に登場する医師ドールンはまさにその好例だろう。人目を忍んだ関係を清算し、自分を引き取ってほしいというポリーナにたいして、「ぼくは五十五だ、今さら生活を変えるにはもうおそい」とドールンは言う。典型的な中年の言辞だ。その言い訳は、変わる決断を回避した物言いだ。それだから、決断できない中年男にとってできることと言えば、わが身の不遇をかこち、愚痴をこぼすことでしかない。「結末」を奪われた人間には、言葉の堂々巡りしか残されていないのだろう。

だが、意外なことに、『ワーニャ伯父さん』のなかでこの「中年」の問題を結晶化させているのはソーニャという存在だ。『森の主』では美人でアーストロフ（『森の主』ではフルシチョフ）を含めて多くの崇拝者に囲まれ、最後にアーストロフと結ばれる仕合わせな存在から、『ワーニャ伯父さん』では美しさを剝奪され、アーストロフへの思いも通じさせることができない不仕合わせな存在に変えられたソーニャは、ワーニャとアーストロフを集約する立場に置かれている。ワーニャからモルヒネを取り上げようとして、彼女は次のようにワーニャに語りかけている。

ひょっとすると、あたし、伯父さんよりずっと不幸かもしれない。でも、あたし、自棄《やけ》なんかおこさないわ。耐えて、命が自然に最期を迎えるまで耐え抜くつもり……。だから、伯父さんも、辛抱して。

若いソーニャまでが、この益体《やくたい》もない現在を引きずって生きていかなければならないのだ。若いソーニャの台詞だけに、この言葉はより痛切にひびく。そしてフィナーレの「ほっと息がつけるんだわ」というソーニャの台詞が引き出されるわけだが、芝居を読み、その舞台を目にする観客は、ソーニャの姿を通して、いつ果てるともない「現在」の深淵を思い知らされるのだ。

そう考えてみると、『ワーニャ伯父さん』の第四幕で壁に掛かるアフリカの地図の効果は絶大だ。ト書きには「壁には、ここの誰にも必要がなさそうなアフリカの地図」と、いわくありげな言葉が書きつけられている。このアフリカの地図については、この当時「明るい別天地アフリカ」へのあこがれをあらわしたものだという指摘もあるが、そんなことはどうでもいい。この地図は灼熱のアフリカとワーニャたちが送らなければならない冷え冷えとした日常をするどく対比して見せているのだ。芝居の終幕近くアーストロフがこの地図の前に立って、「さだめし今ごろ、このアフリカは暑いんだろうな――恐ろしいなあ！」ともらす。それにたいしてワーニャは素っ気なく、ただ「そうだな」と応じる。だが、その言葉少ないやり取りに、ソーニャも含めてかつて彼らが身を焦がした情熱の余韻、全霊をこめた熱い思いの余熱がただよっている。アフリカの地図とは、失われた彼らの「灼熱の思い」の謂《いい》なのだろう。そして、この灼熱のアフリカという表象があってこそ、彼らが生きなければならない冷えきった日常がにじみ出てくるのだ。

「間」

チェーホフの芝居はモスクワ芸術座の存在抜きには語れない。それまで鳴かず飛ばずであったチェーホフの芝居が面目をほどこしたのは、一八九八年のモスクワ芸術座による『かもめ』の上演がきっかけだった。きわだって個性的な人物が描かれるでもなく、事件もなく淡々と流れる日常、それどころか劇の流れを切断するおびただしい「間」。およそ芝居らしからぬチェーホフ劇に生命を吹き込んだのは、スタニスラフスキーの精緻な演出と卓越した俳優の技量を誇るモスクワ芸術座だった。『三人姉妹』はこのモスクワ芸術座を念頭にチェーホフがはじめて劇団のために書き下ろした芝居だ。一八九九年十月の『ワーニャ伯父さん』初演の成功を受けて、劇団のネミロヴィチ=ダンチェンコから頼み込まれて、チェーホフは一九〇〇年八月からこの芝居の執筆に取りかかり十一月に書き上げた。モスクワ芸術座の初演は一九〇一年一月三十一日。

いわばチェーホフ劇によって誕生し、チェーホフ劇によって育《はぐく》まれた劇団を念頭において書いたせいか、チェーホフはこの芝居で彼の芝居の本質を一挙に噴出させている。

たとえば、チェーホフ劇を支える独自な「間」がそうだ。ちなみに、おもな芝居ごとにその「間」の数を書き出してみよう。

『イワーノフ』……二十六回。
『かもめ』……三十二回。
『ワーニャ伯父さん』……四十四回。
『三人姉妹』……六十三回。
『桜の園』……三十四回。

これをみても『三人姉妹』の「間」の数が桁外れに多いことがわかる。チェーホフはこの時期、「間」の重要性をはっきり自覚したにちがいない。たとえば第二幕。人生に疲れた登場人物たちが二百年後、三百年後の世界を語る場面がある。わずか十行ばかりの台詞のなかに二度もの「間」。そればかりか、その間のマーシャの笑い声やイリーナが歌を口ずさむト書きも一種「間」にほかならないことを考えれば、かなりの「間」が挿入されていることになる。トゥーゼンバフが、たとえ百万年経ったところで、人間の生活は元のままで、渡り鳥はどこへ、何しに行くかも知れず飛んでいくだろうと語るのにたいして、マーシャはつぶやく。

マーシャ　でも、それだって意味が？
トゥーゼンバフ　意味ですか……。いま雪が降っています。どんな意味があります？
　間。

この「間」を契機に登場人物のそれぞれの想いが結晶化するのだが、かつてこれほど濃密な空白が芝居に組み込まれた例があっただろうか？

ことば、ことば、ことば

『ワーニャ伯父さん』でもそうだが、『三人姉妹』で驚かされるのは、登場人物たちがひどくおしゃべりなことだ。実に彼らはよくしゃべる。シェイクスピアのハムレットはポローニアスを引き合いにだして、「ことば、ことば、ことば」と皮肉ったが、それは逡巡するばかりで一向に行動に踏み出せない自分自身のことでもあった。ところが、チェーホフに登場する人物はほとんど行動はそっちのけに、ひたすらおしゃべりに余念がない。厄介な妻を抱えているヴェルシーニンは愚痴をこぼすだけで、問題の妻との関係を清算する気配はないし、そのヴェルシーニンに心を寄せるマーシャは揺れ動く気持ちのなかで、決定的な一歩を踏み出すことができない。アンドレイは町が火事に見舞われたさなかにもバイオリンを弾くだけで、何もしない。そして三人の姉妹は幕開けに決意として語るモスクワ行きをついに果たせない。それで彼らは来る日も来る日もおしゃべりに明け暮れている。どうやら彼らのおしゃべりは行動できないことの言い訳ですらあるようだ。彼らには行動を代替する言葉しか残されていないのだ。

それにしても、彼らが語る内容はどうして二百年後、三百年後のことでしかないのか。なぜ、今日や明日、明後日のことではなく、二百年後、三百年後のことなのか。たしかに彼らは「現在」に生きる根拠を持っていない。先にふれたワーニャやアーストロフ同様、『三人姉妹』のヴェルシーニンも中年としてこの際限のない「現在」を生きているのだが、「今」という時間のなかに彼の居場所があるわけではない。むしろ、「現在」は彼にとってうとましい、一刻も早くそこから抜け出したい時間でしかない。たしかに彼はさかんに二百年後、三百年後の世界を話題にするが、だが、その内容に彼の本質的な部分が託されているわけでもない。彼が話をはじめるきっかけが、「お茶も出ないようですから、ひとつ哲学談義でも」というものでしかないということは、彼にとって「語るべき未来」が問題なのではなく、ただ「語ること」、それも「未来」を語って「現在」からのがれることがはるかに重要なのだ。語ることによって「いま、ここ」から抜け出したいのだ。ヴェルシーニンのおしゃべりは、つまるところ、気のふれた妻を抱える自分のみじめな現実からのがれるためのおしゃべりにすぎない。本当なら妻や子供たちのために、なんらかの行動を取るべきなのに、彼はひたすらそれを回避し、長々とおしゃべりをする。ヴェルシーニンと同じように、チェーホフの芝居では人々がさかんにおしゃべりを繰り広げるが、それはぽっかり穴のあいた「現在」を言葉によって必死になって埋めようとしているかのようにしか見えない。

彼らの語る言葉が行動の代替にすぎないとすれば、彼らが発する言葉はまた十全な意味を担いきれないことを意味している。言葉は行動をうながし、行為に直結することによってその機能を果たす。だが、チェーホフの芝居においては、言葉はほとんどその機能を奪われている。言葉を発する人間がその言葉に自分の全存在を賭けて、魂をこめるのでなければ、言葉はたんに書かれた文字にすぎず、また空気を振動させる音にすぎない。そうした言葉はけっして相手に届かず、それゆえ相手を動かすこともない。

『三人姉妹』では、とりわけこうした言葉のあり方が前面に出ている。先に、モスクワへ帰りたいというオリガの台詞にチェブトゥイキンとトゥーゼンバフの、それを無化する台詞が重ね合わされていることを指摘したが、そこでもオリガの「矢も盾もたまらずモスクワに帰りたくなった」という言葉は一義的な意味を結べない。モスクワに帰りたいと夢を語るオリガの言葉自体が、チェブトゥイキンの「何をくだらん！」

という台詞で負の刻印を打たれてしまうのだ。かくしてチェーホフの芝居ではそうした意味を結べない言葉がやり取りされるにすぎない。たしかにこれは芝居だから、登場人物のあいだで言葉のキャッチボールが行われているように見える。ところが、それは見せかけにすぎず、人々が発する言葉は、決して相手には届かず、空中をあてどなく浮遊するばかりだ。そもそも彼らは実際相手の言葉を聞いているのだろうか？『三人姉妹』の第一幕で、マーシャはこの町で何カ国語も知っているのは無用の長物だと愚痴をこぼし、これをきっかけにヴェルシーニンとトゥーゼンバフが議論を展開する。ヴェルシーニンが、今でこそあなた方は少数かもしれないが、やがてそれが人々によい影響を与え、二百年後、三百年後にはすばらしい世界が訪れるでしょうと言うと、トゥーゼンバフが「その生活に今から……参加するには、それに向けて準備することが必要」だと応じる。ところが「ええ、そうです」と言って立ち上がったヴェルシーニンが語るのは、「それにしても、お宅にはずいぶん花がありますね！」と、まるで受け答えになっていないのである。彼らの多くが語るのは自分のことでしかなく、それらの言葉は相手に届かず、その結果、ちぐはぐな対話もどきのおしゃべりが横行するだけになる。

行動をともなわず、内実を欠いた言葉は、当然のことながら真っ当な意味を担えない。そのため、言葉は、いきおいナンセンスと化す。あるいは逆かもしれない。つまりナンセンスと化した人間、意味を喪失した人間はナンセンスな言葉しか発することができないのかもしれない。そのいい例は『三人姉妹』に登場するチェブトゥイキンだろう。この男、しじゅうポケットに忍ばせた新聞を取り出しては読んでいるが、その新聞はことごとく古いものばかり。新聞とは名ばかりで、現実の動向を知るにはなんの役にも立たない。抜け毛対策の処方であるとか、クワスの作り方だとか、遠い昔に結婚したバルザックの記事であるとか、およそ現実離れしているのである。いや、現実からドロップアウトした人間と言うのがふさわしいだろう。

だが、このチェブトゥイキンは『三人姉妹』のすべての登場人物にもあてはまる本質を開示する人物であるかもしれない。第三幕で泥酔した彼が語る言葉は、ナターシャをのぞいて、等しくどの登場人物にも言えることだ。

ひょっとしたら、わしは人間なんかじゃないのかもしれん。ただ、振りをしてるだけ。手も足も、頭もあるような、ね。いや、いや、どだいわしなんか存在しないのかもしれん。歩いたり、食ったり、眠ったりしているような気がしているだけかもしれん。（泣く）ああ、いっそのこと存在しないのであればなあ。

「自分が幽霊だと思って気が狂った男」というチェーホフの「手帖」にある一節を思い起こさせる言葉だが、たしかにここに登場する人々は、自分たちの存在の根を喪失し、文字どおり生きたふりをしているだけのように見える。いや、このことは『ワーニャ伯父さん』の多くの登場人物にもあてはまる。たとえば『三人姉妹』に限らず、ワーニャは、エレーナからどうして酒を飲むのかと訊ねられて、「こうでもしなけりゃ、生きている気がしませんからね」と答えている。これは、本当は自分はもう死んでいるのだと本音をもらした言葉だろう。現実に生きる根拠を持てず、つまり本当はもう死んでいる人間にとって、肉体的な死であろうが精神的な死であろうが、あるいは男爵が一人多かろうが少なかろうが、モスクワに帰れようが帰れまいが、そんなことはすべて等価なのである。つまり、「どうでもいいさ」ということになるのだ。これは恐ろしい言葉だが、『三人姉妹』でチェブトゥイキンのほかにもマーシャもイリーナも、ヴェルシーニンもアンドレイもクルイギンもこの言葉を使っているところを見ると、この病はほとんどの人物に取り憑いているものらしい。つまり、彼らもまた現実には生きている実感が持てない人間なのである。

切なる呼びかけ

『三人姉妹』を典型的な例としながら、チェーホフ劇では人々のあいだに対話は成り立たず、舞台の上には累々たる言葉のしかばねしか残されていないことを指摘してきたが、事実チェーホフの芝居はしばしば「コミュニケーションの不在」「ディスコミュニケーションの芝居」として語られる。しかし、ここで見逃してならないのは、このコミュニケーションの断絶もしくは途絶が、実は、「コミュニケーションへの渇き」の裏返しにほかならないという側面であろう。

たしかに芝居ばかりでなく、チェーホフの作品では、登場人物たちは言葉で相手に働きかけることができず、互いに心を通わせることができない。台詞はかみ合わず、対話は成り立たない。

『三人姉妹』のアンドレイがその好例だろう。第二幕、郡会の書記になったアンドレイとフェラポントのやり取りは、滑稽であると同時に、言いようのない寂寞感を感じさせる。

アンドレイは「なあ、じいさん、人生って、おかしなもんだなあ」と切り出し、しみじみと自分の過去の夢、そして自分が受けた手酷い人生のしっぺ返しについて語る。ところがチェーホフはここに絶妙な設定を持ち込んでいて、耳の遠いフェラポントにはアンドレイの話の内容は届かないのだ。フェラポントは、モスクワでは端から端まで縄が張ってあるそうだ、という話をする。自分が抱える悩みを誰かに打ち明けたいという真摯《しんし》な思いと、ナンセンスなほら話のギャップ。互いの話はすれ違い、それらの言葉は空しく舞台にこだまする。あてどなく空中を浮遊するばかりで、空しくついえていく言葉の残骸。これほどチェーホフ的なシチュエーションはないだろう。アンドレイは、「お耳が遠くて何度も「なんです？」と聞き返すフェラポントに、前の耳がちゃんと聞こえるんだったら、ぼくは話なんかしやしないさ。でも、ぼくは誰かに話を聞いてもらいたいんだ」と応じる。ここにはアンドレイの本音がもれている。彼は自分が姉や妹の期待を裏切っていること、そして自分の望みがくだらぬ俗世にまみれたものに堕《だ》しているのを十分承知している。そんな俗物になりはてた自分にほとほと愛想をつかしているのもたしかだ。だが、彼はその自分の悩みを、自分の思

い の丈《たけ》を誰かに打ち明けたいのだ。だが、その相手がいない、またそれを伝える言葉がない。

言葉では本当の心のありようは伝えられない。伝えたいという強い思いと言葉の限界が相克《そうこく》する。

『三人姉妹』の第三幕、火事騒ぎが一段落したあと、取って付けたような口実をもうけてアンドレイはオリガの部屋にやってくる。そこで彼は、滔々《とうとう》と妻のナターシャ弁護の熱弁をふるう。その大半は熱弁というより詭弁《きべん》に近い。「ナターシャは立派な誠実な人間だ」と彼は強弁する。ナターシャがそうじゃないことは、彼には十分わかっている。わかっているだけに強弁するのだ。恐らく火事騒ぎのあとで、誰もが疲れているアンドレイの言うことなど聞いていないのだろう。アンドレイ自身、「誰も聞いちゃいない」ともらしていることからもそれがわかる。いや、誰も聞いていないからこそアンドレイは次のように本心を明かすことができたのかもしれない。「結婚したとき、ぼくは思ってた、これでぼくたちは仕合わせになれる……みんなが仕合わせになれるってね……。ところが、そうじゃなかった……」――そう言って、彼はさめざめと涙を流すのだ。そして彼は驚くべき言葉を口にする。「ねえ、いいかい、姉さんたち、ぼくの言うことなんか信じちゃダメだ、信じるんじゃないよ……」。

本当のこと、本当の思いの丈は言葉にできないのだ。それはアンドレイだけでなく、チェーホフの芝居に出てくるほとんどの登場人物にも言える。だから『ワーニャ伯父さん』のエレーナは、ソーニャに対するアーストロフの気持ちを聞き出す際に、自分の行動を自分に納得させながら、「そうじゃない、私が考えてるのは、そんなことじゃない……」と言うのだし、ソーニャはワーニャにたいする父親の仕打ちに抗議して、自分たちがどれだけ父親につくしてきたかを訴えながら、「そんなことじゃない、あたしが言おうとしてるのは、そんなことじゃない。でも、パパ、パパはお分かりになるはずよ」としか言えないのだ。言葉にはならないけれど、人はそれをわかってくれるはずだ、いや、わかってくれなくてはならないという強い思いがここにある。

誰かにわかってもらいたい、きっとわかってくれるはずだ——それはもはや言葉のやり取り、コミュニケーションの範囲を越えて、「祈り」に近いものだろう。いや、ひょっとすると、言葉というものは突き詰めれば「祈り」そのものなのかもしれない。『三人姉妹』のフィナーレでオリガが語る台詞はそんな「祈り」の言葉のように胸に迫る。

音楽があんなに愉しそうに、力強く鳴りひびいている。それを聞いていると、つくづく生きていたいと思う！（……）ねえマーシャ、ねえイリーナ、私たちの人生はまだ終わりじゃないの。生きていきましょう！　音楽はあんなに愉しそうに、あんなにうれしそうじゃない。もう少し経てば、私たちが生きてきた意味も、苦しんできた意味もきっと分かるはず……。それが分かったら、それが分かったらねえ！

本当ならこの「解説」はここで筆をおくのが順当だろう。だが、そうはさせてくれないのがチェーホフであるらしい。原作の『三人姉妹』ではオリガの台詞につづいてチェブトゥイキンの「どうでもいいさ！　どうでもいいさ！」という言葉が差しはさまれているのだ。「生きてきた意味も、苦しんできた意味も」知りたいという切なる人間の願いを、どうやらチェーホフはもっと醒めた目で見つめていたようだ。一九〇四年四月二十日、ということはチェーホフが亡くなる二カ月ほど前のことだが、チェーホフは妻のオリガ宛の手紙にこんなことを書いている。

君は人生とはなんぞやと訊ねてきているが、それは、ニンジンが何かと訊ねるのと同じことだよ。ニンジンはニンジンであって、それ以上のことはわからない。

チェーホフの冷ややかな「非情さ」が伝わってくる言葉だ。

チェーホフ年譜（日付は旧暦）

一八六〇年一月一七日

父パーヴェルと母エヴゲーニヤの三男として南ロシアのタガンローグに生まれる。家族構成は、長男アレクサンドル（作家、一八五五〜一九一三）、次男ニコライ（画家、一八五八〜一八八九）、四男イワン（教師、一八六一〜一九二二）、長女マリヤ（教師、一八六三〜一九五七）、五男ミハイル（作家、一八六五〜一九三六）、次女エヴゲーニヤ（一八六九〜一八七一）。

一八七八年　一八歳

この頃、戯曲『父なし子』を書く。

一八七九年　一九歳

九月、モスクワ大学医学部に入学。

一八八〇年　二〇歳

デビュー作『隣の学者への手紙』、『小説の中でいちばん多く出くわすものは？』など。

一八八一年　二一歳

一月二八日、ドストエフスキー没。三月一日、アレクサンドル二世暗殺。

一八八二年　二二歳

『生きた商品』『咲き遅れた花』など。

一八八三年　二三歳
論文『性の権威史』の構想。『小役人の死』『アルビヨンの娘』『でぶとやせっぽち』など。

一八八四年　二四歳
六月、モスクワ大学医学部を卒業。最初の作品集『メルポメネ物語』。一二月、最初の喀血。
『カメレオン』『牡蠣』、長編『狩場の悲劇』など。

一八八五年　二五歳
一二月、ペテルブルグで大歓迎を受ける。
『馬のような名前』『下士官プリシベーエフ』『老年』『悲しみ』など。

一八八六年　二六歳
三月、グリゴローヴィチから激励の手紙。五月、第二作品集『雑話集』。
『ふさぎの虫』『たわむれ』『アガーフィヤ』『泥沼』『ワーニカ』『たばこの害について』など。

一八八七年　二七歳
一一月、コルシ劇場で戯曲『イワーノフ』上演。
『ヴェーロチカ』『ある邂逅』、一幕物『白鳥の歌』など。

一八八八年　二八歳
一〇月、『イワーノフ』の改作に着手。学士院よりプーシキン賞授与。
『ねむい』『広野』『ともしび』『名の日の祝い』『発作』、一幕物ボードビル『熊』『結婚申し込み』など。

一八八九年　二九歳
一月、アヴィーロワとの出会い。アレクサンドリンスキー劇場で『イワーノフ』改訂版上演。六月、次兄ニコライの死。一二月、アブラーモワ劇場で『森の主』を上演、酷評される。『退屈な話』など。

一八九〇年　三〇歳
四月二一日、サハリンに向け出発。七月一一日から一〇月一三日までサハリンに滞在、流刑地の実態調査。『シベリアの旅』『泥棒たち』『グーセフ』など。

一八九一年　三一歳
三〜四月、「新時代」紙社主スヴォーリンと南欧旅行。年末から翌年にかけて飢饉による難民救済に奔走。『女房ども』『決闘』、一幕物『創立記念祭』など。

一八九二年　三二歳
一月、アヴィーロワと再会。三月、メリホヴォに転居。夏、コレラ流行のため医者として防疫に尽力。『妻』『浮気な女』『追放されて』『隣人たち』『六号室』『恐怖』など。

一八九三年　三三歳
『サハリン島』の連載開始（〜九四年）。『無名氏の話』など。

一八九四年　三四歳
九〜一〇月、ヨーロッパ旅行。『黒衣の僧』『女の王国』『ロスチャイルドのバイオリン』『大学生』『文学教師』など。

一八九五年　三五歳

二月、アヴィーロワを訪問。八月、はじめてトルストイを訪ねる。一一月、戯曲『かもめ』執筆。年末ブーニンと知り合う。

『三年』『おでこの白い犬』『アリアドナ』『殺人』『首の上のアンナ』など。

一八九六年　三六歳

八月、メリホヴォ近郊のタ―レジ村に私財を投じて学校を建設。一〇月、アレクサンドリンスキー劇場で『かもめ』の初演、不評に終わる。『森の主』を『ワーニャ伯父さん』に改作。

『中二階のある家』『わが人生』など。

一八九七年　三七歳

私財を投じてノヴォセルキ村に学校を建設（七月落成）。三月、食事中に大喀血、入院。九月、転地療養のためニースに滞在。

『百姓たち』『生まれ故郷で』『ペチェネーグ人』『荷馬車で』など。

一八九八年　三八歳

一～二月、ドレフュス事件をめぐってスヴォーリンと対立。二月、故郷のタガンローグ図書館にフランス文学図書三〇〇冊余りを寄贈。九月、創設されたモスクワ芸術座の稽古場で未来の妻オリガ・クニッペルを知る。一〇月、父パーヴェル死去。ヤルタに別荘地を購入。一一月、ゴーリキーとの文通はじまる。一二月一七日、モスクワ芸術座で『かもめ』初演。『知人の家で』『イオーヌイチ』『箱に入った男』『すぐり』『恋について』『往診中の出来事』など。

一八九九年　三九歳

一月、作品の版権をマルクス出版社に売却。三～四月、ゴーリキーとの交流深める。四月、クプリーンと知り合う。モスクワでオリガ・クニッペルとの親交を深める。五月、アヴィーロワと訣別。一〇月、モスクワ芸術座で『ワーニャ伯父さん』初演。『かわいい女』『新しい別荘』『犬を連れた奥さん』など。

一九〇〇年　四〇歳

一月、トルストイ、コロレンコらとともに学士院名誉会員に選出される。八月から『三人姉妹』を執筆。この頃さかんにオリガ・クニッペルと文通。『谷間』『クリスマス週間』など。

一九〇一年　四一歳

一月、モスクワ芸術座で『三人姉妹』初演。五月、オリガ・クニッペルと結婚。八月、遺書を作成。秋、ゴーリキー、トルストイ、バリモントらと交遊。一二月、喀血。

一九〇二年　四二歳

四月、妻オリガの入院騒ぎ。八月、ゴーリキーの学士院名誉会員取り消しに抗議し、コロレンコとともに自身の名誉会員を辞退。九月、『たばこの害について』をボードビルに改作。一〇月、『いいなずけ』執筆。『僧正』など。

一九〇三年　四三歳

一月、肋膜炎を発病。夏から『桜の園』を執筆、一〇月に脱稿。一二月、『桜の園』上演に立ち会うため、病をおしてモスクワに出向く。最後の小説『いいなずけ』発表。

一九〇四年　四四歳

一月一七日（チェーホフの誕生日）、モスクワ芸術座で『桜の園』初演。二月、ヤルタに帰るが、咳と下痢に苦しむ。五月、病状が悪化。六月、療養のため妻オリガと南ドイツの鉱泉地バーデンワイラーに出発。病状は好転せず、七月二日、医者に「イッヒ・シュテルベ（私は死ぬ）」とドイツ語で告げたあと永眠。遺体はモスクワのノヴォデーヴィチー修道院の墓地に葬られた。

訳者あとがき

思えば『三人姉妹』はぼくの人生を誤らせた作品だ。

大学を卒業して、ぼくは銀座のはずれにあるちっぽけな広告会社に就職した。コピーライターなどという体《てい》のいい仕事ではない。たんなる営業である。ぼくに営業の仕事などできるわけがないとは思っていたが、案の定たちまち仕事に嫌気がさした。

大学時代からロシア語をやっていたとはいえ、真面目な学生ではなかった。だからまともにロシア語に向き合ったこともなかった。仕事に就《つ》いてから、その頃三巻本で出ていたロシア語のチェーホフ作品集をようやく読み出したのだ。おもしろくない仕事から帰って、四畳半の下宿でぼつぼつチェーホフを読み出していた。

三人姉妹の一番下のイリーナは、自分たちは、寝て起きてお茶を飲んでといったぐうたらな生活を送っているけれど、それでは駄目だ。自分たちもお百姓さんと同じように、額に汗をかいて働かなくてはならないと言うのだが、その言葉が心にしみた。

そしてイリーナは今でいう郵便局に就職する。彼女は仕事を通じて何か新しい世界が開けてくるだろう、もっと充実した生活に触れることができるにちがいないと思っていた。しかし、実際働いてみても、生き生きしたものは何もない。ぎすぎすした潤いのない生活でしかない。そうこうするうちに、彼女の意気込み、やる気が萎《な》えていく。まるでぼくと同じ状況なのだ。

そして劇中イリーナはこんな言葉を吐く――「ポエジーも思想もない労働なんて」と。この言葉にぼくは脳天をぶちのめされた。それは日ごろぼくが感じていたことにほかならなかった。「そうだよな、ポエジーのない仕事なんかやってられないよな」と、ぼくはすっかり感化されて、広告会社をあっさり半年で辞めたのだった。

巡り巡ってこの作品を自分が訳すことになろうとは、何という幸運というのか因果というのか。やはり幸運なのだろうと思う。それにしても、「あなたはぼくのことを愛していない！」というトゥーゼンバフの台詞にたいして、イリーナの「それはあたしの力ではどうにもならないの！　あたし、あなたの妻になります、誠実で従順な妻になります。でも、愛はないの。どうしようもないの！」といった台詞を訳しているのは辛かった。チェーホフは非情だというのが、ぼくのチェーホフ理解の出発点だが、何もチェーホフさん、そこまで言わなくたってというのが偽らざる心境だ。だが、やはりここはチェーホフの「非情」を確認しておくべきなのだろう。

あれから四十年。二十代のころにぼくが原文でチェーホフを読み出してから、かれこれそれだけの年数が経ってしまったかと思うと自分でも空恐ろしい気がするが、今ではこの芝居でのイリーナの最後の台詞が胸に突き刺さる。「やがて時が来れば、どうしてこんなことになったのか、なんのために苦しんできたのか、それが分かる日がやって来る」とイリーナは語るのだが、やはりぼくは昔のように、どうしてこんなことになったのか、なんのために苦しんできたのか、今になってもさっぱり分からないのだ。劇中の人物で言えば、ぼくはチェブトゥイキンの年齢に達したわけだが、今は自分が劇中のチェブトゥイキンよろしく、「何も知っちゃいない」と居直る厚かましさだけを身につけただけのような気がする。

そう言えば、『ワーニャ伯父さん』についても、ぼくは少し前までは完全にワーニャに肩入れをしていた。友人にはワーニャの台詞を引き合いにだして、「定年まであと××年ある。長いなあ！　この××年をどう生きればいいんだ？　何をして、何でこの歳月を埋めればいいんだ？」と自嘲気味に洒落《しゃれ》てきたつもりだったけれど、今回この作品を訳していて、自分が徐々にあの嫌味な男セレブリャコフに似てきていることに気づいて愕然となった。「この年齢《とし》になって、わがままを聞いてもらう権利もないのかね？ 穏やかな老年を迎える権利も、他人様からやさしい言葉のひとつも掛けてもらう権利もないのか？」というセレブリャコフの言い分が、今のぼくにはよく分かる。日ごろぼくが口にしていることは、この嫌味ったらしい言い方にほかならないのだ。

あれから四十年、ぼくは知らず知らずのうちにワーニャから嫌味な老人セレブリャコフになりかわってしまったらしい。

ところで、『ワーニャ伯父さん』の台詞に関して光文社の校閲から指摘を受けて気づいたことがある。ト書きには「どんよりした日和」とあるのに、芝居のなかでエレーナは「それにしても、いいお天気……」と語り、テレーギンも「天気は上々だし」と語っていて、「曇天」は誤りではないかと言うのだ。

こんな指摘を受けるとは思ってもみなかった。何もチェーホフの登場人物は客観的な空模様を話題にしているわけではない。彼らは空模様にかこつけて、言葉にならない自分の思い、あるいは気分と言ったものを表白しているのだ。それが伝わっていないとすれば、訳者としての力量が不足しているとしか言いようがない。

ここで小津安二郎の名前を持ち出すのはいかにも唐突だが、『東京物語』で妻をなくした笠智衆《りゅうちしゅう》がぽつりと「ああ、綺麗な夜明けじゃった」「今日も暑うなるぞ……」と語る台詞など、まったくチェーホフ的だ。言いしれぬ不安を心にかかえた人間は天候のことや、日常の瑣末《さまつ》なことがらしか口にできないのだ。そう言えば、小津安二郎の映画にはきわめてチェーホフ的な台詞が多い。それどころか、ひそかに小津はチェーホフにオマージュを送っているらしく、『秋刀魚の味』には佐田啓二がふてくされて寝転がって煙草をふかしている背後に、その頃出版された中央公論社版のチェーホフ全集が書棚に収まっているし、『秋日和』では、嫁いでいく娘役の司葉子が母親役の原節子と最後に旅行をする宿屋で、そっとチェーホフの全集の一冊を開いてみたりするのである。「小津にはチェーホフの影響がありますぞ」――なんだか口ぶりまでセレブリャコフに似てきてしまった……。

最後に訳語についてひとこと。『三人姉妹』で酔っ払って時計をこわすチェブトゥイキンの台詞に「テケレッツのパッ」という語を使ったが、これは明治に活躍した落語家、四代目立川談志のナンセンス・ギャグ。訳語を考えあぐねていて、ふと頭に浮かんだのがこの言葉だった。以前訳した落語調ゴーゴリの名残だろう。大抵の人には通じないだろうが、訳者のわがままを押し通して残してもらった。

なお、翻訳に当たっては、アカデミー版の『チェーホフ全集』第十二、十三巻を使用した。А.П.Чехов. Полное собрание сочинений и писем. том xii–xiii (Москва; Наука, 1978)

今回も翻訳に当たっては編集部の中町俊伸さん、大橋由香子さんのお世話になった。感傷的になりがちな文体を乾いた口調に押しとどめることができたとすれば、お二人の助言に背中をおされたお陰である。この場を借りてお礼を申し上げたい。

二〇〇九年六月

浦　雅春

kobunsha classics
光文社古典新訳文庫

ワーニャ伯父《おじ》さん／三人姉妹《さんにんしまい》

著者　チェーホフ
訳者　浦《うら》雅春《まさはる》

2009年7月20日　初版第1刷発行
2021年9月30日　第5刷発行

発行者　田邊浩司
印刷　萩原印刷
製本　ナショナル製本

発行所　株式会社光文社
〒112-8011東京都文京区音羽1-16-6
電話　03（5395）8162（編集部）
03（5395）8116（書籍販売部）
03（5395）8125（業務部）
www.kobunsha.com

ISBN978-4-334-75187-6 Printed in Japan

いま、息をしている言葉で、もういちど古典を

長い年月をかけて世界中で読み継がれてきたのが古典です。奥の深い味わいある作品ばかりがそろっており、この「古典の森」に分け入ることは人生のもっとも大きな喜びであることに異論のある人はいないはずです。しかしながら、こんなに豊饒で魅力に満ちた古典を、なぜわたしたちはこれほどまで疎んじてきたのでしょうか。

ひとつには古臭い教養主義からの逃走だったのかもしれません。真面目に文学や思想を論じることは、ある種の権威化であるという思いから、その呪縛から逃れるために、教養そのものを否定しすぎてしまったのではないでしょうか。

いま、時代は大きな転換期を迎えています。まれに見るスピードで歴史が動いていくのを多くの人々が実感していると思います。

こんな時わたしたちを支え、導いてくれるものが古典なのです。「いま、息をしている言葉で」——光文社の古典新訳文庫は、さまよえる現代人の心の奥底まで届くような言葉で、古典を現代に蘇らせることを意図して創刊されました。気取らず、自由に、心の赴くままに、気軽に手に取って楽しめる古典作品を、新訳という光のもとに読者に届けていくこと。それがこの文庫の使命だとわたしたちは考えています。

このシリーズについてのご意見、ご感想、ご要望をハガキ、手紙、メール等で翻訳編集部までお寄せください。今後の企画の参考にさせていただきます。
メール　info@kotensinyaku.jp

光文社古典新訳文庫　好評既刊

カラマーゾフの兄弟　1〜4＋5エピローグ別巻

ドストエフスキー
亀山　郁夫　訳

父親フョードル・カラマーゾフは、粗野で精力的で女好きの男。彼と三人の息子が、妖艶な美女をめぐって葛藤を繰り広げる中、事件は起こる──。世界文学の最高峰が新訳で甦る。

罪と罰（全3巻）

ドストエフスキー
亀山　郁夫　訳

ひとつの命とひきかえに、何千もの命を救える。「理想的な」殺人をたくらむ青年に押し寄せる運命の波──。日本をはじめ、世界の文学に決定的な影響を与えた小説のなかの小説！

悪霊（全3巻＋別巻）

ドストエフスキー
亀山　郁夫　訳

農奴解放令に揺れるロシアは、秘密結社を作って国家転覆を謀る青年たちを生みだす。無神論という悪霊に取り憑かれた人々の破滅と救いを描く、ドストエフスキー最大の問題作。

白痴（全4巻）

ドストエフスキー
亀山　郁夫　訳

純真無垢な心をもち誰からも愛されるムイシキン公爵を取り巻く人間模様を描く傑作長編。ドストエフスキーが書いた「ほんとうに美しい人」の物語。亀山ドストエフスキー第4弾！

賭博者

ドストエフスキー
亀山　郁夫　訳

舞台はドイツの町ルーレッテンブルグ。「偶然こそ真実」とばかりに、金に群がり、偶然に賭け、運命に嘲笑される人間の末路を描いた、ドストエフスキーの〝自伝的〟傑作！

光文社古典新訳文庫　好評既刊

イワン・イリイチの死／クロイツェル・ソナタ
トルストイ
望月 哲男 訳

裁判官が死と向かい合う過程で味わう心理的葛藤を描く「イワン・イリイチの死」。地主貴族の主人公が嫉妬がもとで妻を殺す「クロイツェル・ソナタ」。著者後期の中編二作。

戦争と平和1
トルストイ
望月 哲男 訳

ナポレオンとの戦争（祖国戦争）の時代を舞台に、貴族をはじめ農民にいたるまで国難に立ち向かうロシアの人々の生きざまを描いた一大叙事詩。トルストイの代表作。（全6巻）

戦争と平和2
トルストイ
望月 哲男 訳

ナポレオンの策略に嵌り敗退の憂き目にあったアウステルリッツの戦いを舞台の中心に、アンドレイとニコライ、そして私生活ではピエールが大きな転機を迎える――。

戦争と平和3
トルストイ
望月 哲男 訳

アンドレイはナターシャと婚約するが、結婚までの1年を待ちきれないナターシャはピエールの義兄アナトールにたぶらかされて……。愛と希望と幻滅が交錯する第3巻。（全6巻）

戦争と平和4
トルストイ
望月 哲男 訳

ナターシャと破局後、軍務に復帰したアンドレイと戦場体験を求めて戦地に向かうピエール。モスクワに迫るナポレオンと祖国の最大の危難に立ち向かう人々を描く一大戦争絵巻。

光文社古典新訳文庫　好評既刊

戦争と平和5
トルストイ　望月 哲男 訳

モスクワを占領したナポレオン。大火の市内でナポレオン暗殺を試みるピエール。退去途中のアンドレイを懸命の看護で救おうとするナターシャ。それぞれの運命が交錯する。

スペードのクイーン／ベールキン物語
プーシキン　望月 哲男 訳

ゲルマンは必ず勝つというカードの秘密を手にするが……現実と幻想が錯綜するプーシキンの傑作『スペードのクイーン』。独立した5作の短篇からなる『ベールキン物語』を収録。

大尉の娘
プーシキン　坂庭 淳史 訳

心ならずも地方連隊勤務となった青年グリニョーフは、司令官の娘マリヤと出会い、やがて相思相愛になるのだが……。歴史的事件に巻き込まれる青年貴族の愛と冒険の物語。

鼻／外套／査察官
ゴーゴリ　浦 雅春 訳

正気の沙汰とは思えない、奇妙きてれつな出来事。グロテスクな人物。増殖する妄想と虚言の世界を落語調の新しい感覚で訳出した、著者の代表作三編を収録。

桜の園／プロポーズ／熊
チェーホフ　浦 雅春 訳

美しい桜の園に5年ぶりに当主ラネフスカヤ夫人が帰ってきた。彼女を喜び迎える屋敷の人々。しかし広大な領地は競売にかけられることになっていた（「桜の園」）。他ボードビル2篇収録。

本文該当ページ				
(本書pp.〜) 三人の奉仕者のたとえ。一タラントン銀貨を預かった人のように、わたしたちは与えられた能力を生かさなければならない。	(本書pp.〜)「O嬢の物語」に示された徹底的な受動性の魅惑とエロス。「O」とは誰のことか？	絶対王政を敷いた太陽王ルイ十四世。王としての義務に忠実であり、自ら模範を示した君主。	魅惑的な美貌のシャルロット・コルデーが革命の指導者の一人、マラーを暗殺。『ロード・ジム』で描かれた義務の逸脱と贖罪。	目覚めよ……「ねえ、もう愛さないの」と言う日。自己欺瞞から目覚めて、愛されていないことを認める勇気を。
聖書	物語	王	ロード・ジム	プルースト
初恋	サド侯爵・ポーリーヌ	ルイ十四	ロード・ジム	プルースト